記憶古董店 ❶

蝴蝶帝國

楊紫汐 著

山邊出版社有限公司

記憶古董店 ❶
蝴蝶帝國

作　　者：楊紫汐
封面繪圖：陽卓宏
責任編輯：葉楚溶
美術設計：游敏萍
出　　版：山邊出版社有限公司
　　　　　香港英皇道499號北角工業大廈18樓
　　　　　電話：（852）2138 7998
　　　　　傳真：（852）2597 4003
　　　　　網址：http://www.sunya.com.hk
　　　　　電郵：marketing@sunya.com.hk
發　　行：香港聯合書刊物流有限公司
　　　　　香港新界大埔汀麗路36號中華商務印刷大廈3字樓
　　　　　電話：（852）2150 2100
　　　　　傳真：（852）2407 3062
　　　　　電郵：info@suplogistics.com.hk
印　　刷：中華商務彩色印刷有限公司
　　　　　香港新界大埔汀麗路36號
版　　次：二〇一九年一月初版

ISBN: 978-962-923-471-3

目錄

「魔幻詞典1627」

在繁華都市的某個僻靜角落，一棟歐式小洋樓靜靜站在幾棵泡桐樹後。它看起來有些年代了，紅磚牆已經斑駁，好在茂盛藤蔓給它披了件蔥郁外衣，陽光一照，這滿眼的千歲綠倒也別有情調。

底樓的栗梅色木門厚實、雅致，很配一旁精緻的雀茶色銅招牌——「記憶古董店The Antique Shop Of Memories」。這些字都是掌櫃親自題寫的，他對自己的瘦金體書法和花體英文書法很有信心。

推門進去，光線暗淡下來，但復古水晶燈灑下夢幻般的柔光，恰到好處地照亮了展櫃裏琳瑯滿目的商品。

晶瑩剔透的琉璃酒杯、螺鈿裝飾的木質八音盒、雕花精美的象牙煙斗、鑲嵌土耳其藍寶石的純金戒指……靠窗的角桌上有台舊黑膠唱片機，它驕傲地伸着牽牛花似的金喇叭，好像此刻飄盪在空中的鋼琴曲就是它唱出來的一樣。

這輕柔樂曲其實來自二樓。平時，掌櫃很喜歡聽古典音樂，而且他説這能提升顧客的購物體驗。

沿着吱吱作響的木樓梯上去，西側第一個房間是掌櫃的書房，也是他受理顧客委託的接待室。沒錯，這家「記憶古董店」不僅出售古董和它們所承載的記憶，還可以接受委託——你如果想知道某件古舊物品背後的故事，儘管將它帶來，再隱秘的往事掌櫃也能為你調查清楚。

眼下，在這間鋪着波斯地毯的書房裏，掌櫃坐在他心愛的法式櫸木書桌後，一邊等待剛落座的顧客開口，一邊暗自得意自己今天的裝扮——身上這套定製西服剛從倫敦

薩維爾街送來，純毛花呢面料，裏面的單排扣馬甲上掛着古董懷錶，那金錶鏈襯在暗方格紋路的衣料上一定更顯尊貴⋯⋯

為此，掌櫃不由得輕輕擺了下尾巴。

是的，尾巴。

這條毛色光亮的銀白尾巴可是掌櫃的畢生驕傲，作為一隻活了一千多年的狐妖，即便早已修成人形，他也執着地保留着這條體面的大尾巴。

「那麼，有什麼能為閣下效勞？」

掌櫃坐直身體，細長眼睛裏投出真誠的目光，連頭頂的銀白色尖耳朵都紋絲不動。

「那個⋯⋯」

中年顧客的眼神趕緊從狐狸耳朵上閃開，移到掌櫃那張頗為英俊的人類面孔上。他的聲音顯得很不自信：「聽説你們可以幫忙調查過去的事？有個東西，我想知道它的來歷⋯⋯」

推推鼻樑上的眼鏡，顧客從包裹掏出個小木盒。翻開盒

蓋，裏面躺着把金屬鑰匙。看外形，它應該年頭不短了。

掌櫃從抽屜裏拿出一雙雪白的手套戴上，小心翼翼地捏起鑰匙。

鑰匙柄上刻有精巧花紋，還有字跡——「魔幻詞典1627」。

「請問閣下是從何處得來這把鑰匙的？如果方便透露的話……」

「這是父親彌留之際留給我的。他叮囑我一定要用這把鑰匙去救安妮……可安妮是誰？這鑰匙要用在什麼地方？他沒來得及説就去世了……我想委託你們調查鑰匙的來歷，最好把安妮的事也搞清楚，你們辦得到吧？」

掌櫃將鑰匙放回木盒，起身整理了一下筆挺的西服，然後頗為優雅地微微欠身：「請務必將此事交給在下。在下定會竭力為您提供優質服務，助您完成令尊大人最後的心願。」

顧客的眼睛頓時亮了：「真的？太好了！」

「關於委託合同的具體事宜，馬上會由在下的助理為

您辦理。」

掌櫃最後這句話好像暗號似的，實木房門在下一秒鐘被輕輕敲響了三下。

「請進。」

門無聲無息地開了，一個十二三歲模樣的小女孩出現在門口。她留着時髦又可愛的波波頭，身上白襯衣配淺灰方格短裙，領口還繫着同樣花色的蝴蝶結。剛才，就是她將這位顧客領上樓的。

「您好，請隨我到一樓來，委託合同已經為您準備好了。」助理小姐笑吟吟地做了個「請」的手勢，還不忘貼心叮囑，「樓梯有點陡，請您留心腳下。」

顧客滿意地走出了房間。在木門重新關上前，掌櫃看到門縫裏伸出一隻做着勝利手勢的小手，又倏地消失了。

小如意這孩子……

記憶古董店有條不成文的店規——在簽下新訂單的當晚，掌櫃要帶助理小姐去五星級酒店吃298元一位的海鮮自助餐以示慶祝。

今晚，助理小如意一定又會吃得肚皮滾圓。關於「如何優雅地進食」以及「如何不讓別人看出你對美食垂涎三尺」的課題，掌櫃早已放棄了對他這位助理小姐的教化。

「掌櫃，客戶送走了。現在讓塞巴斯蒂安出發嗎？牠已經準備好了。」

小如意再次出現在書房門口時，那隻被稱為「塞巴斯蒂安」的烏鴉正停在她肩頭。和她預料的一樣，眼下，掌櫃正用心愛的嵌寶鎦金梳認真打理他的銀白尾巴。

這鎦金梳是宋朝古物，掌櫃頗費了一番功夫才得到它。小如意不止一次揣測，當年擁有這梳子的貴族女子不知是誰？若她知道這東西會被狐狸拿來梳尾巴，定會氣得半死。

「塞巴斯蒂安。」

聽到主人的召喚，烏鴉立刻展開雙翅飛上書桌。

掌櫃收好鎦金梳，打開顧客留下的木盒：「來訂單了。開始工作。」

塞巴斯蒂安湊到那把金屬鑰匙旁，嗅嗅它的氣息，然後挺直身體，對掌櫃忽扇了兩下翅膀。

「很好。」

掌櫃伸出手臂讓塞巴斯蒂安跳上去，然後走到窗邊，推開磨砂玻璃窗。

「去吧！」

掌櫃手臂一揮，塞巴斯蒂安便展翅飛向天空。目送烏鴉遠去後，掌櫃一邊關窗，一邊叮囑小如意：「助理小姐，查詢一下最近兩天的夜間天氣。」

「已經查好了：今晚多雲，明晚晴朗。」

「好。明晚出發。」

「是！」小如意笑嘻嘻地答應着，「掌櫃，最近沒什麼生意，我都快悶死了！」

說着，她彎腰從地毯上捻起幾根長長的白毛，換了語重心長的口氣：「掌櫃，現在不是脫毛季哦，掉這麼多毛可不行。我上次給您買的寵物毛髮護理精華您到底用了沒啊？那可是美國原裝進⋯⋯」

不等小如意説完，掌櫃的細長眼睛裏已經閃過凌厲寒光。「今晚298元的自助餐降為198元。」

「啊？為什麼？！」小如意失聲叫道。

「店規第3條明文規定——員工必須對老闆尊重、尊敬、忠心耿耿。」掌櫃走到小如意面前，從她手中揑走那幾根白毛。他打開書桌抽屜，掏出個雲紋小錦囊，把白毛收藏進去。

小如意的小嘴頓時噘得老高：「我對您當然尊重、尊敬、忠心耿耿啊！」

「『寵物用品』配不上『尊重』、『尊敬』這樣的詞彙。具體什麼檔次的東西才配得上，多用用你腦袋裏的灰色細胞。我要工作一會兒，你可以出去了。」

掌櫃坐回法式櫸木書桌後，此刻，他的臉上沒有任何表情。

「是……」小如意訕訕地答應着，退出了房間。

厚重的房門關上了，可掌櫃還是聽到了助理小姐在門外的小聲抱怨：「……商場裏的高檔護髮素都是為人類研

發的，根本就不適合動物皮毛……」

右耳微顫了一下，但掌櫃並沒有真的生氣。

他當然不會跟自己的助理一般見識，更何況，這小助理還比他年輕一千多歲。

記憶古董店的掌櫃名叫愛德華，生於西元879年，即唐乾符六年。對於自己是如何從一隻普通狐狸變成狐妖這件事，掌櫃絕口不談。連小如意也只知道，掌櫃屬於妖怪中的「海歸派」，履歷十分高大上——據說明朝有位外國傳教士是掌櫃的摯友，他回國時把掌櫃也帶到了歐洲。此後，掌櫃在歐洲遊歷了數百年，直到清朝末年才返鄉定居。

在小如意眼中，掌櫃學識淵博、儀表優雅、不苟言笑，將理性奉若神明。若說缺點，小如意覺得掌櫃太在意他的尾巴了——那條銀白尾巴對他來說簡直比命還重要！即便化為人形，他也堅持將其保留，而頭頂的狐狸耳朵，那是用來和尾巴做搭配的……

至於小如意，她是個普通的人類小女孩。

五年前，身受重傷、記憶全失、無家可歸的她被掌櫃無意中救起，從此便留在了古董店，成為「首席掌櫃助理」。掌櫃沒送小如意去上學，而是在閒暇時親自教她各種知識。小如意很喜歡聽掌櫃講課，但不喜歡他定期安排的考試。

朝夕相處這五年來，小如意對掌櫃的確做到了店規規定的「尊重、尊敬、忠心耿耿」，只是她身為人類的優越感和博愛心時常氾濫，總忘不掉掌櫃是隻「哺乳綱食肉目的犬科動物」。為此，她最愛做的事就是在網店給掌櫃訂購各種寵物用品，而她最愛讀的書則是《狐狸養殖與疾病防治技術》。

第二天傍晚，當烏鴉塞巴斯蒂安回來的時候，小如意正坐在一樓櫃台後，第N遍閱讀《狐狸養殖與疾病防治技術》的第一章第三節《狐狸新陳代謝的季節性變化》。

聽到塞巴斯蒂安用喙敲擊玻璃的聲音，小如意立刻放下書去為牠開窗。

「回來啦？辛苦啦！」她端出早已準備好的一小碟鳥糧，然後從抽屜裏掏出張黑羊皮紙。

這紙是為塞巴斯蒂安準備的，吃完鳥糧，牠就會用尖尖的喙在上面啄出一個個小洞，而那些形似盲文的奇特符號，將是指引他們調查的重要依據。

今夜月光明朗，是個適合出門的好日子。一吃完晚飯，小如意就趕緊收拾好了背包。除了調查必備的工具，包裹剩餘的空間都塞滿了零食。

每次出門調查，小如意都很期待和掌櫃一起走進「月光走廊」。那條神奇走廊能把他們帶到任何地方，甚至穿越時間和空間。

掌櫃走上書房陽台，再次確認天氣後，他命令助理小姐將一面覆着黑天鵝絨布的大鏡子推上陽台。

拿着黑羊皮紙，掌櫃對照塞巴斯蒂安留下的提示旋轉鏡子底座上的金屬轉軸。鏡面隨之緩緩變化方向，終於停在一個最精確的角度。塞巴斯蒂安是隻通靈烏鴉，牠能感應物品自身記憶所攜帶的重要線索，並把通往線索的路線

提示啄在紙上，以便掌櫃據此調整「月光走廊」的方向。

　　月光明亮，陽台上像結了層霜。當掌櫃掀開黑天鵝絨布，鏡面瞬間反射出一道亮光。這條「光之路」筆直照射在遠方的某個點上，那是另一面鏡子，而它又會把月光反射到更遠的鏡子上⋯⋯

　　許多鏡子反射出一條曲折的光線通路，這就是掌櫃的「月光走廊」，走廊盡頭便是此次調查的起點──那是塞巴斯蒂安能感應到的距離線索最近的地方。

　　塞巴斯蒂安站在小如意肩頭，而小如意則眼巴巴地望着掌櫃。今天，掌櫃穿了一套高檔定製的純黑修身西服，銀白尾巴在月光下熠熠發亮。他最後整理了一下儀表，終於發出小如意期待已久的命令。

　　「出發。」

　　「遵命！」

　　小如意歡欣雀躍地跟在掌櫃身後，踏進了這條神奇的「月光走廊」。

鏡間的「月光走廊」

　　沿着這束被不斷反射的月光，掌櫃和小如意穿過建築物，行走在沉睡城市的上空。

　　此刻，白天充斥在城市每個角落的人和車幾乎都不見了，黑夜像位魔法師，施展法術讓喧囂的城市陷入昏眠。走出城市，他們會遇到更安靜的田野，再向遠方走，可能是森林、沙漠，或是一望無際的海洋。

　　「月光走廊」在城裏反射了幾次，然後筆直穿進郊外僻靜樹林裏的一團黑霧中。小如意暗叫不妙，她知道，那

黑霧就是時空壁壘的入口，而時空壁壘便是這美妙旅程中唯一的噩夢。

「月光走廊」不僅能穿透實物，還能穿破時空間的厚厚壁壘，連通兩個平行空間。在時間與空間都混沌不清的幽暗壁壘中，除了小如意腳下薄得透明的月光，周遭的一切都是虛無。掌櫃曾說過，那些試圖進行時空旅行卻又穿越失敗的人就漂游在時空壁壘中，他們流浪於生死之間，被永無天日的黑暗虛空囚禁着……

一想到掌櫃的話，小如意只覺得毛骨悚然，彷彿幽冥中已經伸出無數厲爪，要把她拉進那片恐怖的虛無。

「給我。」走在前面的掌櫃忽然停了下來，向小如意伸出手。

「嗯？您要什麼？」小如意從胡思亂想中掙扎出來，調整下肩上的背包帶，暗想掌櫃不會這時候還要他那把宋代鎦金梳吧？

「手。把你的手給我。」掌櫃像往常一樣沒什麼表情，讓人猜不透他的心思。

小如意茫然地伸出手：「手？掌櫃，您這是要新增看手相的算命業務嗎？」

　　掌櫃瞟了自己的助理小姐一眼。他沒說話，而是不鬆不緊地握住她的手，繼續前行。

　　「這是什麼意思啊，掌櫃？」小如意茫然追問。

　　「助理小姐，這是牽手。Hold hands with you，表示剛才牽手的動作；hand in hand，表示現在牽手的狀態。」掌櫃頭也不回地說，「我還可以教你『牽手』的古拉丁文發音。」

　　「呵呵呵……不用了掌櫃，反正我也記不住……」

　　掌櫃走得很快，小如意要加快步伐才跟得上。當她抬頭望向掌櫃的側臉時，忽然明白過來。

　　我剛才的恐懼一定被掌櫃感應到了，所以他才會牽着我走……

　　想到這裏，小如意感動極了。

　　別看掌櫃平時不苟言笑，沒想到他還挺關心員工的，真是人性化管理啊……這次回去後，我再給他網購一套更

高檔的寵物毛髮護理劑……

當掌櫃和小如意穿行在「月光走廊」時，他們並不知
道自己即將抵達的地方曾遭遇過什麼。

這是一座被廢棄多年的城市。

大部分陽光都被黑色建築物無聲地吸收了，倖存的日
光慘淡地照射在積着厚厚塵土的街道上。沒有樹木，沒有
花草，沒有小鳥小貓，更沒有人類，總之，一切生命跡象
都被毀屍滅跡，甚至連聲音，都絕跡了。

這墳場般的城市曾有個美麗的名字——光彩城。

很多年前，光彩城是一座輝煌都市，而它的所有榮耀
都來自光彩山。

最初的開拓者們在光彩山中發現了五彩石礦，便用它
們建起了光彩城。這座因光彩奪目而聞名的城市很快吸引
來眾多遷移者，光彩城很快繁榮起來。

然而隨着居民數量的不停增加，新樓越來越多，毫無
節制的開採使得光彩山石礦日漸枯竭。終於有一天，開採

隊面前只剩下最後一塊石礦了，而它沒有任何光澤，醜陋無比。工人們萬分懊惱，將它炸碎洩憤。

轟！巨石四分五裂。

當塵埃落定，所有人都瞪大了眼睛——巨石居然是空心的！裏面散落出大量「黑種子」。每顆「黑種子」都有鴿子卵大小，對着陽光看，它們是半透明的，還有液體狀神秘物質在裏面緩緩流動。

工人們欣喜若狂，認為這是上天賜予的神物，立刻將「黑種子」一搶而空，一路歡歌回到了光彩城。

至此，這座城市的毀滅進入了倒計時。

工人們將「黑種子」送給妻子、孩子、朋友……他們的妻子、孩子、朋友再將多餘的「黑種子」轉送給他們的親朋好友……大家將「黑種子」種在花盆裏、花園裏，期待它們破土而出，期待未知的奇跡發生。

「黑種子」沒讓人們等太久。

一個沒有風的夜晚，月亮紅得詭異。光彩城中的一切生物都睡熟了。

「黑種子」開始發芽。

黑色的萌芽迅速長大，伸出無數粗壯藤蔓。黑蛇般蜿蜒爬行的巨藤以驚人的速度擴張着，它們爬上每一座大樓，通過門窗進入每一個房間！

一切都在死寂中無聲進行着。

一個小男孩恍惚醒來，發現周圍一切都變了模樣！

他的小屋被密密麻麻的黑色植物覆蓋，一朵巨大的花蕾正在半空中有節律地蠕動！那蠕動越來越劇烈，終於，它像綻放的煙火般瞬間盛開。五片血紅花瓣挺立空中，黑色花蕊中間的黑洞就像通往地獄的入口，而洞裏，是沒有一絲生命氣息的虛無。

此時此刻，巨花正冷冷地望着早已被嚇呆的小男孩。

花朵旁，一根粗壯藤蔓緩緩伸來，轉眼間，藤蔓的尖細末梢已近在咫尺。幾乎就在瞬間，黑藤蔓閃電般纏住小男孩的身體，飛快地將他扯進花蕊。巨型花瓣即刻閉合，將「獵物」緊緊包裹其中。

小男孩的父母並不知道兒子的遭遇，因為在此之前，

他們就已經被巨花「吃」掉了。

這一夜，光彩城像往常一樣安靜，只有偶爾從黑暗中傳來的淒厲慘叫在提醒着世界——這裏正上演着一幕幕人間慘劇。

第二天清晨，陽光終於照進了光彩城，然而再沒有任何生物能感受到它的溫暖和光明。

光彩城中一片死寂。

所有建築都失去了往日的五彩光輝，磚石彷彿被吸乾了色彩，只剩下令人絕望的黑。盤根錯節的黑藤取代人類「住進」了人類親手蓋起的高樓大廈，它們封鎖住大門和窗口，將建築物與外界完全隔離開來。

光彩城從此成了「墳場」。

不過，還有「倖存者」。

這唯一的「倖存者」矗立在城市一角。和那些「死去」的黑色建築相比，它簡直就像地獄中的天使般光芒四射！在那個恐怖而瘋狂的夜晚，只有它「活」了下來。

平時沒有人到這裏來，因此邪惡種子也就沒機會在它

身邊生長。

　　它就是光彩城圖書館，光彩城中唯一的、棄置多年的圖書館。

光彩城圖書館

當掌櫃和小如意走到「月光走廊」盡頭時，這個世界剛剛迎來晨曦。

最後一束月光射進一尊鏡面雕塑，小如意跟在掌櫃身後從「月光走廊」中跳了出來。「走廊」的形態在漸亮的天光中慢慢淡化，終於消失不見。

小如意環顧四周，她眼前是一座恢宏的都市。

腳下的道路向四面八方延伸開去，路旁擁擠着無數高樓大廈，它們通體黑色，將天空割據成不規則的圖案。

好詭異的地方……

小如意做了個深呼吸，緊跟在掌櫃身後。每走一步，他們身後便會留下一個淡淡的腳印。看來連風都很少光顧這裏，地面上積了一層灰。

沿途店舖林立，蛋糕店、時裝店、珠寶店、鮮花店……小如意完全能夠想像這座城市曾經的繁華，可惜過往如煙——如今，奇怪的黑色巨蔓堵住了所有門窗，店舖中精巧美麗的商品都被封印其中，不見天日。

黑色的建築，枯萎的樹木，灰塵累積的道路……一切都凝固在「死亡」的那一刻。雖然晨光柔美，這城市卻寂靜得令人不安。

「掌櫃，客戶的父親臨終前說要用鑰匙『救安妮』，可這城市不像有人生活的樣子啊……」

為了調節氣氛，小如意故意調侃塞巴斯蒂安：「我說GPS先生，你下次能定位得精確點嗎？鳥糧都給你換成進口貨了，你也得拿出點業績來吧？」

然而塞巴斯蒂安根本不搭理小如意，彷彿沒聽見似的依然昂着高傲的頭，筆直地站在她肩膀上。

　　「員工之間要和睦相處。」掌櫃整理了一下身上的高檔定製西服，不緊不慢地說，「塞巴斯蒂安的靈性能感應到這裏已是極限，接下來要靠我們自己去尋找線索。」

　　「哎呀掌櫃，我和塞巴斯蒂安的關係相當和睦呢。」小如意嬉皮笑臉地回應道，趕緊轉移話題，「掌櫃，既然鑰匙上刻着『魔幻詞典』，那我們要不要先找家書店？」

　　然而掌櫃並沒有理會她的問題，而是反問道：「剛才我們經過了哪些店舖？」

　　「呃……」小如意皺起眉頭仔細回憶，「好像有蛋糕店、冰淇淋店、壽司店、漢堡……」一提到吃的，她突然想起背包裏的零食，於是猶豫要不要拿一包薯片出來。

　　「助理小姐，如果你能少關注一些食品，你腦袋裏的灰色細胞會運行得更有效率。」掌櫃打斷了小如意的冥思苦想。

　　「我們一共路過了28家女裝店、9家西服定製店、12

家蛋糕店、27家飯店、17家首飾店、5家鮮花店……但是沒有一家書店。」

聽了掌櫃的話，小如意若有所思：「沒有書店……所以呢？」

掌櫃知道助理小姐還沒跟上自己的思路，於是忍不住側頭瞟了她一眼，細長眼睛裏隱約閃過一絲無奈。

「詞典這種大部頭的書籍，除了書店，還有一個地方最可能有——圖書館。繁華的市中心沒有書店，説明這裏的居民不愛看書。如果不喜歡看書，他們又會把圖書館建在哪裏？市中心寸土寸金，地價和租金不菲……」

「我知道了！圖書館一定建在市郊！」小如意恍然大悟。

「看一座城市的中心，就能了解它的個性——如果市中心有書店、畫廊、美術館、劇院，説明這裏的市民喜好文藝，人們的精神生活是充實的。市中心往往地價昂貴，人們只會把他們認為最重要的東西建在那裏。」

「到底是掌櫃啊，果然思路清晰！」小如意笑嘻嘻地

湊到掌櫃身旁，虛心討教，「那您再教教我，為什麼我們朝這個方向走？您怎麼推理出這是通往市郊的路？」

掌櫃頭頂的狐狸耳朵不易察覺地動了動，他沉默數秒後才開口：「剛才看到這邊有家西服定製店，所以就選了這條路。在無法做出選擇的時候，順從直覺的指引就好。」

「呃……」小如意準備好的讚美之詞都噎在了喉嚨裏，「好吧，直覺這東西嘛……人類的直覺到底還是不如動物敏銳……」

她沒有繼續說下去，因為掌櫃那條剛剛還一直輕輕甩動的大尾巴，此刻已經高高立起不動了——書上說這是犬科動物生氣的表現。在化為人形的一千多年裏，掌櫃最介意別人提醒他「不是人」。

雖然掌櫃的選擇基於直覺，但幸運的是他的直覺沒錯。一路上，小如意發現高樓大廈在逐漸減少，隨着建築變低，頭頂的天空也大了起來。

「掌櫃您看！這是什麼啊？」

背後傳來小如意的叫聲，掌櫃只好停下腳步。只見小如意手心裏躺着個奇怪的東西。它大概有鴿子卵大小，通體半透明，像塊黑寶石，又像顆種子。

「不要亂撿別人的東西。」

小如意對掌櫃的命令不以為然：「沒有『別人』啊，這裏明明就只有我一個人嘛⋯⋯掌櫃，這東西好漂亮，反正沒人要我就留下吧？」

然而掌櫃已經轉身繼續前行了，估計他正為助理小姐那句「明明就只有我一個人」而不快。

把漂亮種子放進口袋，小如意心滿意足地小跑幾步，追上掌櫃。

又走了一些時候，一直乖乖停在小如意肩上的塞巴斯蒂安忽然展翅飛起，還呱呱叫了兩聲。順着塞巴斯蒂安飛去的方向望去，小如意頓時瞪大了眼睛：「掌櫃！那裏有座發光的房子！」

一路上，小如意看到的所有建築都是死氣沉沉的黑色，所以當這座美麗的建築完完全全地出現在她眼前時，

她被深深震撼了。

　　一扇鏽跡斑斑的大鐵門，門上的銘牌被藤蔓植物遮擋了大半。大門左右是向兩旁延伸開去的鐵柵欄圍牆。那美麗的建築就坐落在圍牆之內。

　　大樓有五層，由彩色石塊築成。清澈陽光下，每塊石頭都閃耀着動人的光輝。一扇扇藝術品般精緻的窗戶鑲嵌在五彩石牆上，排列得錯落有致，與院子裏的破敗景象無聲對峙着。

　　塞巴斯蒂安正站在鐵門上方的銘牌右側，靜候主人指示。

　　掌櫃命令塞巴斯蒂安用喙扯去銘牌上的枯枝敗葉，很快，「光彩城圖書館」幾個字出現在他們眼前。

　　「圖書館！」小如意興奮地叫道，「掌櫃！我們找到啦！」

　　掌櫃輕輕點點頭，卻沒作聲。他從馬甲口袋裏掏出客戶留下的鑰匙，仔細對比鑰匙和銘牌上的圖案——一模一樣——那圖案大概是這座城市的城徽。

「原來這裏叫光彩城啊，誰起的名字，真沒文化——明明除了圖書館，哪裏都是灰頭土臉的嘛⋯⋯掌櫃，我們進去吧！」

小如意已經迫不及待地推開了沒有上鎖的鐵門。

院子裏原先應該是花園，可如今只剩下零星的植物殘骸。踏着磚石鋪設的道路，掌櫃和小如意終於來到圖書館門前。

一扇高大的暗紅木門矗立在他們面前，門上同樣雕有光彩城城徽。

小如意正想試着推門，卻被掌櫃叫住了。

「我來。你在旁邊等候。」説完，掌櫃走上前，雙手放在雕刻花紋的木門上，用力一推。伴隨着沉悶的摩擦聲，大門緩緩開啟。

跟在掌櫃身後，小如意屏氣斂息地走進了這座封閉多年的圖書館。

大廳很高，屋頂懸着幾盞水晶燈，造型相當華美，只

是布滿了灰塵。天花板和四周牆壁上有許多精美壁畫，描繪的似乎是古老的神話故事。壁畫與壁畫之間的牆壁上開有拱形窗，窗玻璃是彩繪的，畫的應該也是神話故事。

大廳中央有一張擺放雕塑的圓桌，以它為中軸，圖書館被分成左右對稱的兩個部分。每邊都有一條通往二層的樓梯。

在大廳一側的房間裏，掌櫃發現了許多嵌滿抽屜的高大櫃子。

「掌櫃，這是幹嗎的？」小如意好奇地拉開一個抽屜，只見裏面整齊排列着數不清的卡片。

「在沒有電腦的時代，人們用這種方式查找圖書。每張卡片都代表一本書，上面記錄着這本書的書名、作者、內容簡介以及收藏的具體位置。看這裏，抽屜上有字母標識，這個抽屜裏所有書籍的書名都是以該字母開頭的。」

小如意立刻反應過來：「掌櫃，客戶提供的鑰匙上刻着『魔幻詞典』，我們查字母『M』或許能得到線索！」

「這個任務有勞助理小姐了。」

小如意立刻搜索起來：「Ｍ、Ｍ……有了！在這裏！」

她搬過一把滿是灰塵的椅子站上去，小心翼翼地拉開那個鑲嵌字母「Ｍ」的抽屜。翻找許久，她終於抽出一張卡片。小如意立刻興奮地叫道：「掌櫃！找到了！真有《魔幻詞典》這本書！就在六層！」

「六層？」掌櫃的眉毛微微皺起。

「奇怪，上面只寫了『六層』兩個字，並沒寫具體位置……」小如意也納悶起來，她隨手抽出另一張卡片，「您瞧，其他卡片上都會注明藏書的房間號、書架號之類的。」

「助理小姐，你的觀察力還有待提升。比起這個，更奇怪的事情被你忽略了。」掌櫃從小如意手中接過卡片，一邊仔細查看，一邊詢問道，「這座圖書館一共幾層？」

突然被掌櫃這麼一問，小如意頓時語塞，她歪着腦袋想了想：「好像……好像有五六層吧？這有什麼關係嗎？」

「關係很大。」掌櫃表情冷峻，「這座圖書館只有五層。所謂的第六層根本不存在。」

「啊？」小如意驚叫一聲，頓時感到有股涼氣從腳底直躥到頭頂。

「幽、幽靈樓層嗎……掌櫃您不要嚇我啊……」

4

尋找「不存在」的樓層

　　掌櫃沉思片刻，抬起頭來吩咐道：「你和塞巴斯蒂安在此等候。我上樓看看。」

　　小如意立刻扯住掌櫃的衣角：「掌櫃，我不想一個人留下！讓我跟你一起去吧！咱們古董店不是有規定嘛，保護員工安全也是老闆的職責啊！」

　　掌櫃把西服衣角從小如意手中抽出來，撫平上面的皺褶，盡量不表現得太過心疼——西服被弄皺對他來說簡直就是滅頂之災！

「也好。不過助理小姐，之後不管遇到什麼情況，都不許再扯我的衣服。」

這次回去後，很有必要把這一條增添到店規裏……掌櫃暗想。

於是，小如意跟在掌櫃身後，輕輕踏上了大廳右側的樓梯。

木樓梯年久失修，一踩上去便發出令人不快的吱吱聲。樓梯上光線昏暗，小如意只覺得心跳越來越快，很想嚼個泡泡糖來緩解壓力，可又怕掌櫃不高興。

經過二樓時，小如意看到一條長長的走廊。沒有窗和燈光，她看不清走廊深處的情況，只注意到近處的每扇房門上都掛着門牌號。再往樓上走，每層的布局都一樣——長廊，一扇扇緊閉的房門。

終於，他們踏上了最後一級樓梯。這裏就是第五層了，再沒有樓梯能通往更高層。

也就是説，圖書館果然沒有第六層！

小如意不由得又往掌櫃身旁湊了湊：「掌櫃……」

她說話時壓低了聲音，彷彿音量稍大便會驚醒黑暗中沉睡的幽靈：「真沒第六層哎……接下來怎麼辦？」

沉思片刻，掌櫃轉身向樓下走去：「再從大廳左側樓梯走一遍。有些建築的樓梯是不對稱設計，只有一邊能通往頂層。」

小如意想到那些昏暗的樓梯和黑暗的走廊，實在不願意再體驗一遍，但她更不想一個人孤零零待在大廳。於是，她只好跟緊掌櫃，心裏暗自祈禱……那該死的第六層最好老老實實待在上面！

然而現實卻事與願違，左邊樓梯也只能通到第五層。

回到一樓大廳，小如意疲憊地坐在一張滿是灰塵的椅子上：「掌櫃，那卡片上會不會寫錯了呀？」

「遇到困難不要只從外部找原因，要先看看是不是自己找錯了解決方案。」說着，掌櫃再次走進那間放着許多高大櫃子的查詢室。小如意見狀只好跟了過去，不過進屋之前，她趁掌櫃不注意，飛快地吞下了一個巧克力批。

這項工作一直持續到晚上。兩人查找了所有「M」開

頭的卡片，卻沒有找到第二個「魔幻詞典」。看來，所有線索確實都在之前的卡片上，只不過尚未被他們發現。

借着狼眼強光手電筒的光亮，小如意注意到掌櫃眉頭緊鎖。她歎了口氣，拎起背包向大廳走去。今晚他們肯定要在這裏過夜了，她還是早點做好準備工作吧——比如偷吃點零食墊墊肚子之類。

這晚沒有月光，空蕩蕩的大廳裏塞滿了一團團棉花似的黑暗。在大廳一角，手電筒的光亮給小如意帶來了些許安全感。掌櫃還在查詢室工作，但他命令助理小姐先睡覺。

夜深了，小如意扯了扯身上的毯子，還是覺得冷。

要是掌櫃在就好了，趁他睡着，偷偷把他的大尾巴扯過來蓋在身上，毛茸茸的，肯定暖和……掌櫃他不累嗎？哦，犬科動物都喜歡在夜間活動……

胡思亂想着，小如意漸漸進入了夢鄉。

不知過了多久，小如意恍惚間聽到一陣急促的叫聲。

是塞巴斯蒂安。

這烏鴉在幹嗎啊⋯⋯好煩⋯⋯

努力睜開沉重的眼皮，小如意發現眼前竟是一片奇異景象！

不知何時出現的月光透過窗戶灑進來。彩繪玻璃上沉積着灰塵，所以皎潔的月光被過濾，在大廳中投下薄紗般的彩色光影。

更奇怪的是，大門居然開了一條縫！一條粗壯的「黑蛇」正從越開越大的門縫中蜿蜒攀爬進來！

怎麼會有這麼大的蛇！

不過小如意很快看清了，那不是蛇！而是某種藤蔓植物！它通體黑色，正以飛快的速度生長着，不斷前進、分支，向大廳侵襲。

塞巴斯蒂安盤旋在小如意身邊，不斷發出急促的鳴叫以示警告！

危險！

即便沒有塞巴斯蒂安的提醒，小如意也本能地察覺到

這些藤蔓來者不善。她立刻睡意全無，一把抓起背包跳起來，飛快地衝向查詢室。即使在這危急關頭，她也還惦記着塞滿了零食的背包。

「掌櫃！」

掌櫃居然不在！他到哪兒去了！

跑回大廳，小如意環顧四周，依然不見掌櫃的身影！

此時，黑色藤蔓已佔領大廳的大部分地面，而大門那邊的整個牆面早已被這詭異植物覆蓋，出口被堵死了！

小如意心急如焚。現在唯一的退路就是樓梯，但她不能就這樣自己逃生。掌櫃呢？或許他被藤蔓纏住了？得儘快找到他！

「掌櫃！掌櫃！」

然而小如意的呼喚石沉大海，沒有得到任何回應。

黑藤生長迅猛！就在小如意猶豫不決的時候，它們居然已經布滿了整個天花板！許多枝條正攀向水晶吊燈，那些華麗吊燈一個個叮噹作響，搖搖欲墜。

塞巴斯蒂安忽然一個俯衝，瘋了般撲向小如意！

小如意從未見過塞巴斯蒂安這樣，嚇得趕緊躲到一邊，而這時她才注意到，一條粗壯的藤蔓已經悄悄爬到了她的腳邊！

塞巴斯蒂安用尖嘴猛啄藤蔓，利用這兩秒的間隙，小如意以最快的速度跑向樓梯。然而另一條藤蔓卻避開了塞巴斯蒂安的反擊，從一側伸出，死死纏住了小如意的腳踝！

頓時，小如意感到一股巨大的力量正把自己往後拖。

絕不能被它拖走！不然就死定啦！包裹還有我最喜歡的番茄味薯片沒吃呢！

她牢牢抱住一旁的樓梯欄杆，不停地踢踹，想要擺脫藤蔓的糾纏，然而身後又伸來幾根黑藤緊緊纏住了她的腰！巨大的拖拽力讓小如意疼得一下子湧出了眼淚，感覺身體都快被撕裂了。

耳邊傳來塞巴斯蒂安焦急的鳴叫，但小如意連看牠一眼的力氣都沒有，因為她必須把全部力量都集中在手臂上，才能與這可怕的植物多抗衡幾秒。

可是，胳膊已經麻木，她覺得全身力氣馬上就要消耗殆盡。

難道就這樣結束了？番茄味薯片……至少臨死前讓我吃一口吧……

一絲絕望乘虛而入，擠進了小如意的腦海，也就在這一瞬的鬆懈間，她的身體便被猛地向後拽去！

完蛋了！

電光石火之際，小如意的一隻手被人牢牢抓住了！她淚眼婆娑地抬頭望去。

掌櫃！

掌櫃不知何時從樓梯上衝了下來，他一手抓緊小如意，一手的掌心飛出一道幽綠暗光。那光如同鋒利的匕首，一下斬斷了纏繞小如意的黑藤。

前所未有的輕鬆感驟然襲來，小如意想要掙扎着爬起來，可全身都沒了力氣。

掌櫃抱起軟綿綿的小如意，一邊上樓，一邊命令正和黑藤勇敢搏鬥的塞巴斯蒂安：「塞巴斯蒂安！跟上！」

蜷縮在掌櫃懷裏，小如意覺得安全多了。她剛才沒有察覺到掌櫃手心的綠光，還以為掌櫃是用匕首砍斷黑藤救了自己。

　　掌櫃還隨身帶了他那把雕玉手柄匕首啊……那可是元代古董，他也不怕弄丟……

　　此刻，整個大廳幾乎全被黑壓壓的藤蔓覆蓋了，而天花板上的水晶吊燈則完全被纏成了球體，上面甚至還開出了幾朵巨型血紅花朵！

　　碩大的花瓣顏色鮮豔，張牙舞爪地伸展在空中。花蕊中央是令人眩暈又着迷的黑色，小如意的目光被牢牢吸引住了，好像靈魂不由自主地想要飛進那片虛無……

　　「別看！」掌櫃嚴厲的聲音忽然響起，小如意猛地從幻境中清醒過來，趕緊閉上雙眼。

　　在幽暗的第五層走廊中，狼眼強光手電筒開闢出一片光亮區域。

　　「掌櫃……」小如意心裏閃過一大堆感謝的話，但嘴

裏嘀咕的卻是，「掌櫃您剛才到哪兒去啦？店規不是說老闆要對員工安全負責嗎？！您要是再來晚點，我這個首席助理可就要因公殉職了⋯⋯」

「這個問題以後再討論。」掌櫃第一次打斷了小如意的話，以他一貫的紳士做派來看，這一點很不尋常。他放下小如意：「你現在能走嗎？」

小如意站起來，活動了兩下腳踝：「問題不大。」

「很好。我們分頭行動，把這層的所有房門都打開，全部！要快！立刻執行！」

掌櫃的語氣異常嚴肅，雖然小如意還不明白發生了什麼事，但她知道，事關他們的安危，這件事真的迫在眉睫！

「這是單號房間的鑰匙，上面有號碼，去打開對應的房門。明白嗎？一定要快！」掌櫃遞給小如意一串沉甸甸的銅鑰匙，而他則轉身去開走廊另一側的房門，看來那邊是雙號房間。

小如意立刻行動起來，可手中的鑰匙實在太多，順序

也十分混亂，她費了點時間才找到第一扇房門的鑰匙。終於，鑰匙被她哆哆嗦嗦插進了鎖孔，她用力旋轉，門終於開了。

一片光明！

房間裏空無一物，連灰塵都沒有！正對面的窗戶外透來天光。原來不知何時天已經亮了。

咦？

小如意忽然覺得那「窗戶」有些異樣，待她細看才發現——那不是窗戶！那是窗戶形狀的空洞！

奇怪？窗戶呢？進圖書館之前，分明看到石牆上有漂亮的窗戶啊……等等！外面是……

窗外的天空中，許多窗戶正在飛翔！

昨天小如意見過的那些精緻的窗戶，此刻竟全都脫離了牆體！兩扇嵌有玻璃的窗框如同翅膀，帶着它們向高空飛去。

不是吧？難道連窗戶都知道有危險？

「助理小姐，現在不是欣賞美景的好時機！」掌櫃從

沒用如此嚴厲的聲音訓斥過小如意。她忙收起自己的好奇心，低頭尋找下一把鑰匙。

掌櫃那一側的房門已被打開了大半。每個房間的窗戶都在牆體上留下了形狀不同的空洞，光線被這些空洞一一剪裁，透過打開的房門斜斜照射進來，在走廊地面上烙下一個個造型各異的光印。

很快，小如意注意到一件事。

走廊兩邊相對的房門打開後，兩側光亮射入，在走廊地面上形成的光印竟重疊出一個美麗圖案！雖然每扇窗戶的造型都不相同，但它們組合出的圖案卻總是一樣的！

還有幾扇房門沒被打開，樓梯上已經傳來越來越清晰的沙沙聲——黑藤蔓正在逼近！

小如意頓時額頭冒汗，翻找鑰匙的雙手也顫抖起來。

掌櫃已經完成了自己的工作，他從小如意手中拿過那串鑰匙：「我來。」

此時，由光印匯集成的圖案一個個整齊地排列在地板上，整條走廊顯得異常美麗。不過小如意全然沒有心情欣

賞，她渾身冰冷地站在掌櫃身旁，還有兩扇門！可是……

樓梯口的幾條黑藤蔓已經探頭探腦地延伸到了這層的地面和牆壁上，而在另一端的樓梯口，也有黑藤蔓正向他們爬來！

「掌櫃，我們被包圍了……」小如意聲音發顫。

速度最快的兩條黑藤距離他們腳邊不到兩米了！而後面，更多的藤蔓軍團還在源源不斷地湧來。幾根粗壯的藤蔓上甚至長出了巨大的花蕾。那花蕾如同心臟般有節律地蠕動着，令人不寒而慄……

小如意心中不停地祈禱，掌櫃快點啊，再快點……雖然她不知道最後一扇房門打開後會發生什麼，但此刻就打開所有房門是她唯一的精神支柱。

咣！掌櫃奮力推開了最後一扇門！

陽光立刻照射進來，最後一個圖案形成了！長長的走廊上，24個美麗的光印圖案靜靜地排列在木地板上。

咔啦咔啦！

天花板上突然裂開個長方形洞口，一條木懸梯悄無聲

息地垂落下來！

一線生機！

「快上去！」掌櫃把小如意推上木梯，自己跟在後面。

小如意不敢向後看，她知道，黑藤一定正在地面、牆壁、天花板上瘋狂蔓延！

她手腳並用，飛快地向上爬去。

這懸梯怎麼這麼長？我不記得圖書館大樓有這麼高啊⋯⋯

四周是看不穿的黑暗，小如意只能憑感覺一步步向上攀登，心裏依舊惴惴不安⋯⋯黑藤會跟上來嗎？懸梯上面又會是什麼⋯⋯

塞巴斯蒂安就停在小如意肩頭，她知道牠現在一定也很緊張，因為牠那緊抓她衣服的爪子比平時更用力。

突然間，小如意的手碰到了一塊木板。到頂了？

「掌櫃，沒路了！有板子擋着！」小如意叫道。

「推開它！」

聽到掌櫃的命令，小如意立刻騰出一隻手，拚盡全力向上頂。那木板很快有了鬆動的跡象，她再一用力——轟！木板開了！大片亮光傾瀉而下！

見到久違的光明，小如意心中一陣莫名的感動，她奮力爬向那片光明。

走進《魔幻詞典》

掌櫃跟在小如意身後，敏捷地攀到上面，然後迅速將木板蓋上，並死死壓住。什麼東西在下面咚咚擊打着木板，持續了好一陣子才歸於平靜。

小如意驚出了一身冷汗，原來黑藤也爬上了懸梯，它們一直在後面緊追不捨！

真嚇人！我得趕緊把那袋番茄味薯片吃了壓壓驚⋯⋯

這麼想着，小如意開始翻包。

「安全了。」掌櫃站起身，理理身上的西服，語調

恢復了平日的淡然，「這裏就是第六層，這裏就是《魔幻詞典》。另外，助理小姐，你覺得現在是吃零食的好時機嗎？」

「掌櫃，我們人類小孩要長身體，必須隨時補充能量……不過掌櫃啊，《魔幻詞典》不是一本書嗎？什麼叫『這裏就是《魔幻詞典》』？」

小如意一邊吃着薯片，一邊觀察周圍的環境。

這是個金碧輝煌的圓柱形大廳。向上望去，環形牆壁上有一層層回廊。每層回廊中都整齊排列着許多緊閉的木門。門上釘有銅牌，上面似乎寫着什麼。大廳一側有條窄小的旋轉樓梯，可以通往每層回廊。

「掌櫃，這裏好奇怪啊……是酒店嗎？」

「我剛才説了，這就是《魔幻詞典》。」

掌櫃抬頭環顧大廳：「這裏的每扇門，都是詞典裏的一個詞條。進入了那扇門，也就進入了該詞條對應的世界。」

小如意忍不住讚歎：「原來是這樣！真是創新設

計⋯⋯對了掌櫃，您怎麼會知道這些啊？」

　　原來，昨天夜裏掌櫃走到圖書館外，希望通過外觀來尋找「幽靈第六層」的線索。然而當他走到室外，卻看到了令人吃驚的景象——一扇扇窗戶正脫離牆體飛向夜空！

　　掌櫃走近一扇窗戶仔細觀察。那窗戶以微小的頻率顫動着，不一會兒，窗框周圍的牆體便鬆動了；接着，窗戶顫動的頻率逐漸增強，粉末、石塊掉落下來，窗框與牆體間的縫隙越來越明顯。

　　經過一番努力，窗戶終於從牆體中掙脫而出！兩扇帶着彩繪玻璃的窗戶像翅膀一樣拍打着空氣，整個窗戶輕盈地飛起，越飛越高，最終融入夜幕不見了蹤影。

　　「先生，請幫幫我的孩子！」一個焦急的聲音突然響起。掌櫃循聲望去，說話的是一扇懸浮在半空中的美麗玻璃窗。

　　「先生！」那位窗戶女士央求道，「請幫幫我的孩子！它的力量太小，很難從牆上掙脫出來。它就在您左邊。」

掌櫃向一旁望去，那裏果然有扇小窗，造型、顏色都與大窗相仿。小窗正奮力掙扎着，卻無法擺脫牆體的禁錮。

　　「為您效勞是在下的榮幸。」掌櫃抽出他心愛的元代古董匕首，搗碎了小窗周圍的牆體。

　　「非常感謝！先生，您最好也趕快離開，我們預感到了災難，一場滅頂之災！」

　　「謝謝您的忠告，不過在下必須要先找到這座圖書館的六層，找到《魔幻詞典》。」

　　此時，掌櫃已經鑿鬆了小窗周圍的牆體，小傢伙用力顫動了幾下身體，終於從牆上掙脫了出來，扇動着「翅膀」飛到了母親身旁。

　　「六層？那很簡單。你從右側樓梯上去，五層樓梯扶手的最後一個裝飾球裏藏着兩串鑰匙。那是五層所有房間的鑰匙。只要把房門全部打開，讓光線照進來，您就能看到通往六層的路——《魔幻詞典》就是第六層。不過要想打開《魔幻詞典》，還要多留意您腳下的變化啊⋯⋯」

「再次感謝您，先生，不過我們必須走了。祝您好運！」説完，大窗便和小窗一起飛向了黎明將至的天空。

掌櫃按照窗戶女士的指點，果然找到了兩串銅鑰匙。而正當他打開第一扇房門時，樓下傳來了小如意的呼救聲……

聽了掌櫃的話，小如意忍不住歎了口氣：「唉，早知道能遇到那麼神奇的窗戶，我一定忍住瞌睡跟您一起工作……」

「助理小姐，你要懊悔的只有這個？」掌櫃不動聲色地瞟了小如意一眼，「窗戶們預感到了滅頂之災，你對此沒有任何想法？」

「滅頂之災？我知道啊，不就是那些莫名其妙的黑藤嘛，也不知道它們從哪裏……」説到這兒，小如意的腦中忽然靈光一現！

「掌櫃！難道那些黑藤是……」小如意慌忙翻自己的口袋，可是一無所獲。

於是她哭喪着臉嘀咕道：「掌櫃，我撿的黑色種子不

見了⋯⋯該不會⋯⋯它掉落在院子裏，結果長成了那些黑怪物吧⋯⋯早知道我就該聽您的話，不亂撿東西⋯⋯」

「員工要聽從老闆的命令，這是店規之一。可是助理小姐，你似乎總是不能遵守。」

掌櫃見小如意滿臉懊悔，也不忍再苛責。他掏出那把客戶的鑰匙，唸出上面的字跡：「魔幻詞典1627。下一步，我們要找出《魔幻詞典》的索引目錄才行。」

「為什麼一定要找索引目錄？」小如意馬上進入工作狀態，「既然鑰匙上刻着1627，那多半就是1627號房間唄，我們直接按房門號去找就好了。」

「助理小姐，你的眼睛是不是只能看見食物？」

小如意隱約感到掌櫃的話裏透出一絲無奈，於是她走到底層的一扇房門前，仔細觀察。

「門牌上居然不是房間號！太奇怪了！」小如意唸出面前門牌上的文字，「『彩虹盡頭的旋轉木馬』？這是什麼意思啊？」

「想必這門牌上寫的是《魔幻詞典》的詞條，每個

詞條對應一個編號，而這編號就鐫刻在房門鑰匙上。現在我們需要找出一本索引目錄，尋找1627號房間對應的詞條。」

聽了掌櫃的解釋，小如意立刻環顧四周，但隨即為難起來：「可是掌櫃，索引目錄會放在哪裏呢？」

掌櫃的目光凝聚在腳下的拼花木地板上，若有所思：「窗戶女士曾説——想打開《魔幻詞典》，要多留意腳下的變化……」

大廳的地板由一塊塊正方形木板拼接而成，木板從白楓色到深胡桃木色，深淺各不相同，而通往下層懸梯的那塊木板相當於大廳「入口」，它的顏色明顯與眾不同，是烏黑色。

難道玄機就隱藏在地板中？

大片拼花地板充滿了小如意的視野，看得久了，她覺得地板似乎動了起來……難道產生了幻覺？

「助理小姐，請到這裏來！」

頭頂突然傳來掌櫃的聲音，小如意頓時清醒過來。她

向上望去，發現掌櫃已經登上了旋轉樓梯的頂層，於是她只好跟了上去。雖然只有幾層，但她覺得自己的恐高症已經開始發作。

「這樣俯視你有什麼感覺？」掌櫃問道。

小如意緊張地抓緊扶手，咽了下唾沫，小心翼翼地探頭向下張望。

從高處觀察地面，那些深淺不一的地板看起來似乎有些眼熟……小如意想來想去，但記憶卻好像掩藏在半透明玻璃罐裏，看得見輪廓，卻辨不清真容。

「啊！我想起來啦！」經過一番苦思冥想，小如意恍然大悟，「掌櫃！這像不像走廊上的圖案？就是打開房門後，從窗戶透進來的光疊加組成的圖案！」

「沒錯。」掌櫃點點頭，「看來打開《魔幻詞典》的關鍵就藏在這圖案裏。」

「可是掌櫃，現在這圖案並不完整啊，很多地方都缺失了……」

「沒錯，所以接下來的任務就是將其恢復原樣。」掌

櫃的語調中充滿了自信，「助理小姐，現在麻煩你回到地面去，我會指導你拼出那個圖案。」

「好的！」小如意最討厭待在高處了，她滿心興奮又顫顫巍巍地跑下樓，「掌櫃，我該怎麼做？」

「先把通往下層懸梯的那塊烏木地板拆下來。」掌櫃站在高處發號施令。

「啊？」小如意腦海中浮現出剛才被黑藤追殺的恐怖畫面，「不行啊掌櫃！那下邊有……」

「不要緊，它們已經退下去了。放心，老闆會保障員工人身安全的，這是店規。」

掌櫃堅定的聲音給了小如意勇氣，她跪在那塊烏木地板旁，做了個深呼吸，然後摳住地板邊緣，用力掀起。

地板很快被拆了下來！小如意望着面前的正方形黑洞，心中難免恐懼，不過黑藤真的已經不見了！

「做得很好。」掌櫃給了小如意一些鼓勵，「現在我們利用這塊空出來的空間，移動其他地板，直到拼出那個完整的圖案。」

啊！聽起來很有趣嘛！小如意已經躍躍欲試。

「首先是第一塊——挪動空洞左側的櫻桃木色地板，把它移到空洞上。」掌櫃開始指揮小如意行動。

小如意沒怎麼費力就把櫻桃木色地板推到了空洞上方，看到陰森森的黑洞被重新擋住，她心裏踏實了不少。

「現在，空格正下方是塊紫紅褐色的紫檀木地板，你把它向上推到空格處。」掌櫃有條不紊地指揮着小如意，似乎每一個步驟都已被他牢牢地記在了腦海中。

漸漸地，成果開始顯現，如果説深色地板是張紙的話，那麼淺色地板便是畫在這紙上的美麗圖案。終於，小如意氣喘吁吁地把最後一塊地板推到了指定位置上，累得坐在地上直喘氣。

掌櫃在樓梯上俯視着地面的圖案，沒錯，一個完整的圖案已經呈現在眼前，接下來……他的目光停留在最後空出的那塊空格上，嘴角得意地翹起個弧度。

「助理小姐，我們需要的東西就在那裏。」掌櫃一邊説着，一邊優雅地走下旋轉樓梯。

小如意頓時來了精神，她立刻輕叩空格底部的金屬板，聽聲音，下面似乎是空的！

　　待掌櫃親手掀開金屬薄板後，小如意只覺得眼前一片炫目的金光。

　　「果然在這裏。」掌櫃從下面拿出一本厚厚的書。書的封面上描繪着精美的金色花紋，在燈光下光芒奪目。

　　「這就是《魔幻詞典》的索引目錄。」掌櫃説着，小心翼翼地翻開書。

　　和掌櫃推測的一樣，目錄中編排着數不清的數字編號，每個編號都有對應的詞條，比如「彩虹盡頭的旋轉木馬」、「糖果罐迷你叢林」之類。詞條後還有行小字，標明對應房間的具體位置。

　　「1627……1627……掌櫃！在這裏！」

　　很快，小如意指着書中一個詞條激動地叫道：「1627對應的房間就是它！客戶所説的『安妮』也許就被關在這裏！」

　　只見書頁上赫然寫着「1627——蝴蝶帝國」。

按照詞條後備注的位置，小如意和掌櫃很快來到環廊三層的一扇房門前。

白色木門上有塊金屬銘牌，鐫刻着「蝴蝶帝國」幾個字。小如意深吸一口氣，看了一眼掌櫃手中的鑰匙。

雖然經歷了一些波折，但總算找到這把神秘鑰匙對應的大門了！門後會有什麼呢？安妮就被關在裏面嗎？會不會有可怕的東西……想到這些，小如意既興奮，又緊張。

即便是在眼下這激動人心的時刻，掌櫃也依然面無表情。他淡定地把鑰匙插進鎖孔，輕輕用力，只聽咔嗒一聲，門彈開了一條縫。

小如意下意識地往掌櫃身後藏了藏，努力控制住自己不去扯掌櫃的西服衣角。此刻她真希望肩頭的塞巴斯蒂安能更「親切」點，讓她把牠抱在懷裏，以抵擋內心的不安。

掌櫃伸出手，將門推開。

門後的世界豁然呈現在他們眼前。

入住「跳棋旅館」

沒錯，這裏不會是別的地方，只可能是蝴蝶帝國。

站在房間門口，展現在小如意面前的是一望無際的「風車田」。

以前小如意曾在科普書上見過「風車田」——在風力作用下，高大的風車緩緩旋轉着三扇尖細葉片，無數白色風車連成一片，蔚為壯觀。

然而眼前的風車卻有種震撼人心的詭異美感。

數不清的金屬支架高聳向天空，但頂端卻不是葉片，

而是巨型蝴蝶！近處，遠方，無數蝴蝶正扇動着牠們那美得令人暈眩的翅膀。

「天哪……」

小如意不禁驚呼。這壯觀場面並沒有帶給她任何愉悅感，反而令她不安——蝴蝶的軀體被牢牢釘在金屬架頂端，每扇動一下翅膀，牠們似乎都要忍受巨大的痛苦。

帶着複雜的心情，小如意跟隨掌櫃踏上了這片「風車田」。環顧四周，她才發現身後不遠的地方居然就是大海！

一艘大帆船正向岸邊駛來。沒有風，也聽不到機器引擎聲，原本應該是船帆的地方有兩隻巨型蝴蝶。牠們扇動翅膀，帶動船隻前進。毫無疑問，牠們一定也是被牢牢釘在船上的。

「這些蝴蝶好可憐啊……不過掌櫃，現在我們該怎麼辦？到哪裏去找關於『安妮』的線索？」

掌櫃依舊是那副他臉上最常顯現的淡然表情。

「我們進城去多掌握點情況。」說着，掌櫃向蝴蝶

「風車田」一側的小路走去。沿路望去，遠方有座城市。

城市越來越近了。

在高低錯落的建築物頂上，一隻隻巨型蝴蝶不停地扇動着翅膀，不僅如此，城市上空也有許多蝴蝶在飛舞。

太好了，總算還有些能自由飛翔的蝴蝶……

小如意一直緊縮的心終於舒暢了些。然而當她看清那些蝴蝶的模樣後，心情再次跌入低谷——人們將巴士車廂牢牢釘在蝴蝶腹部，讓牠們帶着巴士飛行。那大概就是蝴蝶帝國的「蝴蝶巴士」吧。

怎麼能這樣！太殘忍了！

在小如意心裏，蝴蝶是一種柔弱美麗的生靈，牠們與世無爭，只在飢餓時吸取花蜜。正是因為牠們的存在，春天和夏天才變得更加生動可愛。然而這樣嬌弱美好的生命，居然被人如此狠心對待……

終於，城市街道就在眼前，小如意總算知道這座城市為何需要「蝴蝶巴士」了。森林般林立的高樓之間，留給道路的面積相當有限。無數汽車像是動物屍體，橫七豎八

地擁塞在狹窄的街道上，一動不動，死氣沉沉。地面交通不容樂觀，難怪要發展空中交通⋯⋯

「掌櫃！這堵車也太嚴重了吧！」小如意不由得感歎。

「不是堵車，而是『停車』。」

掌櫃走近一輛黑色汽車，觀察車窗上厚厚的灰塵：「裏面沒有人，車停在這裏很久了。」

小如意這才明白心中揮之不去的怪異感從何而來──這些車輛都是沒有「生命」的！

經常被人駕駛的車輛會散發出主人的氣息，擁有自己的獨特「靈魂」。可眼前這些車早已「死掉」。厚厚的積塵、斑駁的鏽跡、乾癟的輪胎⋯⋯它們已經因為廢棄太久而失去了「靈魂」。

「掌櫃，這裏的人好奇怪，怎麼把好好的馬路當停車場呢？」

小如意望向遠方，不禁大驚失色：「天哪！所有的路都堵死了！連人行道上都是車！掌櫃，我們要怎麼走？」

沒等掌櫃回答，一個洪亮的聲音忽然從上空傳來——

「喂！底下的人！坐車嗎？」

小如意仰頭望去，只見一輛由巨型蝴蝶驅動的巴士懸停在空中，留着灰白絡腮鬍的司機正把頭探出窗外，向他們大喊：「你們怎麼跑到地面上去了？要坐車趕緊上來！」

掌櫃紳士地向絡腮鬍司機點頭示意，在提高音量的同時仍盡量保持語調的溫雅：「先生您好，在下是首次造訪貴國，種種情況不甚了解。能否請教下，在下要如何搭乘巴士？」

「哦，外鄉人啊。」絡腮鬍司機熱心地伸手指指一旁的大樓，「看到那扇藍色大門沒？從那裏進去，三樓就是車站。」

按照司機的指點，掌櫃和小如意找到了「站台」。這所謂的「站台」是由三樓一個寬敞的陽台改造而成，此時沒有其他人，「站台」上只有他們兩位乘客。

絡腮鬍司機操控着「蝴蝶巴士」貼近「站台」邊緣的

缺口，當小如意邁向巴士車門時，她盡量放輕腳步，希望自己的重量不要給蝴蝶帶來太多疼痛，畢竟，車廂就釘在牠柔軟的腹部。

「塞巴斯蒂安，要是我的體重像你一樣輕就好了……」小如意衝站在她肩頭的塞巴斯蒂安撇撇嘴。在掌櫃身旁坐下後，她一言不發地盯着窗外閃過的景色，靜靜聆聽掌櫃和司機的談話。

原來，蝴蝶帝國在許多年前並沒有這麼多巨型蝴蝶，那時候，石油是人們唯一的能源。隨着城市的發展和擴張，地下石油越來越少，而城市裏的人口和車輛卻有增無減。道路越來越擁擠，終於在某一天，所有道路都被車輛死死地堵住了，任何一輛車都無法挪動，包括救援車和警車，也都寸步難行。由於當時的石油也幾乎已經消耗殆盡，所以市民們索性把車輛全都丟棄在了道路上。

然而問題依然存在，沒了石油，人們要靠什麼能源生存呢？

就在市民們一籌莫展的時候，一位生物學家宣稱他發

明出了「蝴蝶能源」！他可以將新能源免費提供給人們，而條件就是他要成為這裏的統治者。

　　所有人都被新能源帶來的狂喜沖昏了頭腦，立刻答應了生物學家的要求。於是生物學家搖身一變，成為新成立的「蝴蝶帝國」的首任君主，而這裏的人們，則開始依靠蝴蝶扇動翅膀所產生的動力繼續生活。

　　聽了絡腮鬍司機的話，小如意只覺得脊背發涼。她想起了《魔幻詞典》外自己生活的那個世界——人們也依賴石油，如果有一天地下的石油都用光了，生活會變成什麼樣子？到時候也會有科學家研發出這麼殘忍的新能源嗎？

　　小如意不忍再往下想，連忙轉移自己的注意力：「掌櫃？我們這是要坐到哪一站？」

　　「當然是『跳棋旅館』了！」絡腮鬍司機搶先答道，「這就是開往『跳棋旅館』的免費直達巴士啊！你們沒看見車身上的廣告嗎？」

　　「啊？『跳棋旅館』？」小如意不由得湊到掌櫃耳邊，小聲問道，「掌櫃，我們真要去那裏？」

「旅館每天會接待各種各樣的人，往往消息四通八達，正好方便我們尋找線索。」

「原來如此……」小如意點點頭笑道，「不過『跳棋旅館』這名字還真是奇怪呢！」

聽到了小如意的話，絡腮鬍司機得意地解釋起來：「我們老闆非常迷戀跳棋，所以就把旅館修成了那個樣子，很有特色的！還上過旅遊雜誌！」

小如意開始在腦海中勾勒跳棋旅館的模樣，不過很快，她就被窗外的景色吸引住了。

從空中俯瞰，這裏似乎與普通城市並無區別。高低錯落的建築物林立成羣，就像刺穿地表、破土而出的鋼筋水泥植物，讓這片土地體無完膚。建築之間的大小道路上統統塞滿了廢棄的汽車，形成奇異怪誕的「城市雕塑」。

靜止不動的建築，靜止不動的汽車，如果沒有在空中翩翩飛行的蝴蝶巴士，恐怕這城市會顯得十分寂寥吧。蝴蝶們憑藉自己柔嫩的雙翅，載着人們穿梭在這堅硬的水泥森林之中。

「看左邊！」司機大聲提醒道，「『跳棋旅館』馬上就到了！」

小如意忙向左邊望去，只見遠處赫然出現了一片開闊的空地！而且它竟被設計成巨型跳棋棋盤的模樣，只不過上面並沒有棋子。

「『跳棋』是有了，可是『旅館』在哪兒啊？」小如意好奇地詢問。

「旅館就在棋盤下面，這是我們老闆的主意——地下冬暖夏涼，沒有噪音，不知比地上舒服多少倍呢！」司機似乎對自己供職的這家旅館充滿了自豪。

「蝴蝶巴士」緩緩降落，終於懸停在棋盤一角的上空。

「終點站到了，請客人們下車吧！」司機按下按鈕，車門徐徐打開。

小如意湊到掌櫃身邊，小心翼翼地往外瞄了一眼。開什麼玩笑！這兒距離地面起碼還有十米！

司機看出了小如意的疑慮，笑着解釋：「小姑娘，

不是直接跳下去，我們有軟梯。順着軟梯爬下去，很方便的。」

「呵呵……」小如意把不滿藏進勉強的笑意裏，「這可真是太『方便』了……」

「是啊！」

司機居然把小如意的揶揄理解成了讚揚：「這是我們老闆親自設計的，有趣吧？現在的人都不愛運動，什麼都讓機器代勞。老闆設計這樣的下車方式，就是為了讓客人們舒展下筋骨。」

聽了這話，小如意哭笑不得地望向掌櫃：「掌櫃，我恐高您知道的吧？這麼高，萬一我摔下去……您是不是得算我因公殉職啊？」

掌櫃認真地看着小如意，似乎在考量她的話裏有多少誇張成分。然後他走到車門口，再次整理了下身上的西服，衝自己的助理小姐微微領首。

「助理小姐，請你過來。我先站在梯子上，然後你下來，我會把你圈在懷裏，我們就這樣一起下軟梯。放心，

我不會讓自己的助理小姐因公殉職的。」

小如意歪着腦袋想像了一下掌櫃描述的畫面，覺得安全係數的確要比她獨自爬軟梯高許多，於是硬着頭皮慢慢挪到了車門旁。

掌櫃身手敏捷，已經站在了被風吹得搖搖晃晃的軟梯上，他神情淡然地催促道：「助理小姐，請抓緊時間。」

塞巴斯蒂安飛在半空中，鳴叫一聲，似乎在給小如意鼓勁。

唉，這次任務結束後，我要給自己買一份人身意外傷害保險……

深吸一口氣，小如意悄悄把手心滲出的冷汗抹在衣服上。她趴下身體，一邊用腳去夠軟梯，一邊説着話來緩解緊張的情緒。

「掌櫃啊，您瞧我這麼德智體美勞全面發展的助理，您上哪兒找去？這次回去是不是該把員工福利再提高點？比如每次接單後298元的海鮮自助餐，是不是升級為398元的呀？」

然而掌櫃對助理小姐的要求不置可否：「現在是工作時間，員工福利問題回去再討論。風大，抓好軟梯，如果因公殉職的話，就算有998元的自助餐你也吃不上了。」

說着，掌櫃把自己銀白色的大尾巴捲到前面來，不鬆不緊地圈住小如意的腰。

毫無防備的小如意嚇了一跳：「啊？掌櫃！這是什麼？！」

「這是尾巴。」

掌櫃語氣淡漠，似乎剛剛做出那舉動的人根本不是他：「尾巴，Tail，法語是Queue，用古拉丁語講則是……」

小如意驚恐不安地打斷了掌櫃的話：「我知道是尾巴啦！掌櫃！您居然用尾巴圈住我？用尾巴……」

「你覺得我現在除了用尾巴，還能用別的什麼圈住你嗎？助理小姐？」

小如意咽了下唾沫，她覺得有些時候，自己和掌櫃的思維根本不在同一頻道……人類和狐狸的溝通就那麼困難

嗎⋯⋯

「掌、掌櫃⋯⋯我知道您是在保護我啦，但其實我的意思是⋯⋯您這樣隨隨便便用自己的尾巴，真的不要緊嗎？」

小如意腦海中浮現出平日裏掌櫃精心打理尾巴的情景，她還想起，有次掌櫃的遠房表弟狼妖「乾脆麵」來古董店吃飯，因為喝多了酒，那傢伙居然開玩笑把墨水灑在了掌櫃的尾巴上，還笑掌櫃從狐狸變成了「斑點狗」——結果那次，「乾脆麵」被掌櫃修理得很慘，差點就變回原形了⋯⋯

想到這裏，小如意惴惴不安地問道：「掌櫃？尾巴造型會亂吧？沒準兒還會蹭掉幾根毛⋯⋯」

風確實有點大，軟梯在半空中搖搖晃晃，小如意死死抓住梯子，只覺得天旋地轉。幸好掌櫃用尾巴捲着她，帶着她一起往下爬，不然她簡直寸步難行。

「尾巴造型當然會亂，而且已經蹭掉了兩根毛髮，我都看見了。」

掌櫃的聲音依舊是那種缺乏感情色彩的溫雅：「不過，如果員工因公殉職的話，那會成為我職業生涯的污點，所以只能如此。別多想，很快就到地面了。」

聽了這話，小如意放下心來。她一邊跟着掌櫃往下爬，一邊在心裏感激涕零……掌櫃對員工可真好啊，回去後我要馬上給掌櫃海淘①一套頂級寵物護理用品！上次看到的那個法國牌子叫什麼來着……

終於，掌櫃和小如意平安抵達了地面。

眼下，他們站在巨型棋盤的一角，面前有一扇花裏胡哨的木門「躺」在地上，門開着，裏面有樓梯通往地下。門旁豎着塊招牌，上面用五顏六色的跳棋棋子拼出四個大字——「跳棋旅館」。

「進去吧。」掌櫃重新梳理好他心愛的尾巴，又整理好身上筆挺的西服，率先走下了樓梯。

樓梯間燈光明亮，兩個人很快走到了樓梯盡頭。出現

---

① 海淘：透過互聯網，購買海外商品。

在小如意眼前的，是一間舒適的大廳。前台站着一位戴圓眼鏡的中年男人，見有客人來，他立刻露出親切的笑容。

「歡迎光臨『跳棋旅館』，我是這裏的老闆。希望二位能在這裏度過愉快的時光。」

或許餐廳就在附近，小如意隱約嗅到了誘人的飯菜香氣，肚子不由得咕嚕叫了一聲。她連忙按住不爭氣的肚子，訕笑着望向掌櫃——在掌櫃給她量身定做的《優雅Lady的自我修養》必修課上，有一個章節就是講如何控制自己的身體不發出「不雅聲響」，比如放屁聲、吃飯咀嚼聲，甚至肚子餓時的咕嚕聲……

掌櫃一定也聽到了剛才的動靜，不過他連耳尖都沒動一下，而是徑直走到前台，禮貌地表示想先用晚餐，然後再辦理入住手續。

「沒問題。餐廳就在那邊，祝二位用餐愉快。」旅館老闆讓服務生把兩位客人帶去餐廳。

走進餐廳前，掌櫃意味深長地看了一眼自己的助理小姐。小如意知道，掌櫃的潛台詞是：記住！即使快餓死

了，待會兒也要保持優雅的吃相，不要給我丟臉……

真滿足啊……

兩個小時後，小如意躺在自己房間柔軟的牀上，一邊揉着撐到不行的肚子，一邊意猶未盡地回味着美食的味道。

那鮑汁貴妃蠔真是不錯！掌櫃也真是的，我才吃了十六個他就朝我翻白眼，反正是自助餐嘛，不多吃點怎麼賺得回本……不過這旅館的客房也真夠奇怪的……

小如意腆着肚子艱難地坐起身來，環顧四周。

客房是球形的，牆壁由某種玻璃狀特殊材料製成，它像個蛋殼，把家具陳設包裹其中。整個房間布置得很溫馨，可惜沒有窗戶。

不知道掌櫃現在在幹嗎？肯定又在梳理毛髮！嘻嘻，真是隻愛臭美的狐狸……

小如意正胡亂猜想，房間裏忽然響起一個甜美的聲音。

「親愛的顧客您好，現在是晚上九點，本店將自動切換至夜間模式。本店所有房間的外牆均為單向玻璃，請您不必為您的隱私擔憂。再次祝您度過一個美好的夜晚。晚安。」

「夜間模式？難道要自動熄燈啦？不是吧？我還沒洗澡呢！」小如意慘叫一聲。

很快，除了牀頭那盞小夜燈，其他燈光都漸漸變暗，最終熄滅。小如意忽然覺得房間在微微顫動，那種感覺很奇妙，就像……對了！就像在乘坐一部緩慢上升的電梯！

什麼情況？地震啦？

沒等小如意反應過來，令她難以置信的事情便發生了——她看到了天空！不，不只是天空……

原來這球形房間自動升到了地面！房間外牆全是透明材質，因此客人能夠全方位欣賞室外夜景。

小如意惬意地躺在牀上，靜靜欣賞這奇妙的美景。

在墨色夜空的背景下，摩天大樓上的彩色射燈像有魔法，將白天還灰頭土臉的建築裝扮得無比美豔。更奇妙的

是那些穿梭在大樓之間的「蝴蝶巴士」，蝴蝶翅膀上的花紋流光溢彩，牠們如同飛舞着的發光精靈，給這城市增添了攝人心魂的魔幻色彩。

此刻，小如意終於明白為何客房會被設計成球形了。每間客房都是一顆「棋子」，它們白天藏在「棋盤」下，到了晚上就會升起。眼下，這偌大「棋盤」中已經布上了不少「棋子」。

如果現在乘坐「蝴蝶巴士」從空中俯瞰，這「跳棋旅館」一定極美。在這不可思議的奇妙城市中，那個叫「安妮」的人又會生活在哪個角落呢⋯⋯

小如意陶醉在夢幻般的景色中，加上晚餐實在吃多了，她很快就昏昏欲睡，然而內線電話的鈴聲突然響起，是掌櫃打來的。

「助理小姐，請問你現在在做什麼？」

小如意瞬間清醒了，她決定不說實話：「我嘛，我當然是在考慮工作啦，比如明天怎麼協助掌櫃您尋找線索⋯⋯」

「是嗎？我還以為助理小姐因為晚餐吃太多，現在已經要睡覺了。」掌櫃不露聲色地說。

呃⋯⋯不愧是活了一千多年的狐狸！一下就猜對了⋯⋯

心裏閃過一絲不安，小如意趕緊訕笑着岔開話題：「掌櫃您有什麼事嗎？」

「助理小姐，做我們這行一定要效率優先，能在今天完成的調查，就不要推到明天。剛才在你摸着滾圓的肚皮躺在牀上欣賞夜景的時候，我已經從旅館老闆那裏了解到了重要情報。下面請你仔細聽好⋯⋯」

小如意在電話這端做了個鬼臉，豎起耳朵認真聆聽。

「蝴蝶帝國的皇帝是『跳棋旅館』老闆的弟弟，據說，皇帝想出蝴蝶動力這個方法也是迫不得已⋯⋯」

那位高高在上的皇帝曾是位生物學家，他和妻子一直過着清貧卻幸福的生活。

然而在他們婚後的第五年，生物學家發現心愛的妻

子得了一種名為「忘臉症」的怪病——她的記憶力嚴重受損，以至於她無法記得別人的面孔，縱然是自己最親近的丈夫，她也會一轉眼就把他忘得乾乾淨淨。

在四處求醫無果後，生物學家開始嘗試自己研製藥物為妻子治療。幾經努力，藥終於造出來了，可它有個「6小時」的局限性。也就是說，生物學家不能離開妻子6小時以上，如果她連續6個小時都看不到丈夫的面孔，便會徹底將他忘記。

這6小時的時限如同懸在生物學家頭頂的達摩克利斯之劍，讓他絲毫不敢放鬆。好在，由於他的謹慎，妻子忘記丈夫的情況一直沒有發生。

可是有一天，生物學家回家遲了。

那天不知是什麼緣故，彷彿城裏所有的車都同時開上了馬路！每條街道都擁擠不堪。雖然以前堵車也是家常便飯，但是那天的堵車格外嚴重。

生物學家坐在回家的公交車上，眼前望不到頭的車隊令他焦急萬分。時間一分一秒地過去，道路依然像個巨大

的停車場，所有車輛都動彈不得。

　　眼看距離6小時的最後時限越來越近，科學家再也坐不住了，他開始下車狂奔。然而，和他想法一樣的人也在迅速增多，後來，人行道上也擠滿了人，大家只能一步步慢慢挪動，向家的方向行進。

　　不知走了多久，生物學家終於回到了熟悉的舊公寓。然而家裏的門開着，妻子不見了蹤影。

　　妻子果然還是忘記了他，離開了這個家。

　　在這個地面交通徹底癱瘓、所有車輛都「死」在路上的特殊日子裏，生物學家失去了自己心愛的妻子。

　　如果不是因為遲到，妻子就不會失蹤；如果不是因為堵車，自己就不會遲到；如果不是因為所有車輛都湧上道路，堵車就不會發生……妻子的失蹤深深刺激了生物學家的神經，性情大變的他開始瘋狂工作，很快在以前研究的基礎上培育出一種巨型變異蝴蝶，並將蝴蝶變成了動力源泉。而他自己，則因為這項被報紙稱為「救世創舉」的發明當上了皇帝。

由此，蝴蝶帝國誕生。

雖然皇帝一直派人尋找自己的妻子，可惜時至今日，他的妻子還是下落不明。

掌櫃的講述讓小如意心頭湧起複雜的情緒，同情惋惜之際，一個念頭忽然劃過她的腦海。

「掌櫃，皇帝的妻子叫什麼名字？難道……」

「助理小姐，這次你腦袋裏的灰色細胞終於加速工作了——沒錯，皇帝的妻子就叫『安妮』。」

「古裏古怪藝術館」

　　「安妮！」小如意頓時睡意全無，一下子從牀上蹦了起來，把待在一旁的塞巴斯蒂安嚇了一跳。

　　「掌櫃！難道客戶希望我們解救的人就是失蹤多年的皇后？」

　　「這種可能性很大，因為據旅館老闆説，皇帝曾頒布過一道命令，所有叫『安妮』的人都必須改名。全國能擁有這名字的，只有他妻子一人。」

　　「太棒了！目標鎖定！」然而小如意隨即又皺起了眉

頭，「可是掌櫃，皇帝派人找了這麼多年都沒結果，現在就憑我們兩個⋯⋯」

「助理小姐，記憶古董店經營宗旨的第一條，現在請你背一下。」

「啊？哦⋯⋯」小如意愣了一下，隨即開始流利地背誦，「竭誠為顧客提供優質服務和滿意產品，全力完成顧客委託的所有事務。」

「很好，那麼助理小姐，現在你還有什麼疑問嗎？」

握着電話聽筒，小如意簡直能想像出掌櫃此刻篤定又自信的眼神，於是她清清嗓子，讓自己振作起來：「沒問題了，掌櫃。不管遇到什麼困難，我們都會不惜一切代價完成顧客的委託！」

「很好。」掌櫃的聲音溫和下來，「現在馬上睡覺，明天一早，我們要去覲見皇帝陛下。」

第二天，在旅店老闆的引薦下，掌櫃和小如意踏進了皇帝的宮殿。

這皇宮和小如意想像中的模樣差距甚遠，沒有什麼富麗堂皇的裝飾，倒是更像個科研機構。地板與天花板都是樸素的白色，透過冷冰冰的玻璃牆面，小如意看到了許多擺放着實驗器材的房間。

當掌櫃和小如意被領進皇帝的第29號實驗室時，他正在專心做實驗。皇帝是個五十多歲的中年人，身穿白大褂，頭髮灰白。他看上去一點君王氣質都沒有，更像是一個不修邊幅的科研人員。

「有什麼事快說，我只能給你們三分十五秒的時間。」

皇帝一邊忙着手中的實驗，一邊聽掌櫃陳述。不過漸漸地，他的動作慢了下來，終於抬起頭打量起面前的奇怪來客：「你們古董店的顧客？委託你們來解救安妮？」

「是的。」掌櫃剛才已向皇帝講述了他們是如何來到蝴蝶帝國的，還出示了指示《魔幻詞典》詞條的那把鑰匙。

聽了掌櫃的話，皇帝坐在實驗台旁的椅子裏，沉默許

久才開口。

「我想你們可能有點誤會，那人委託你們解救的應該不是『安妮』，而是『安娜』。你們的客戶恐怕是聽錯了他父親的遺言……」

他輕聲歎了口氣，繼續說道：「其實，你們顧客的父親我是認識的，他曾是我的助手和朋友，一位優秀的昆蟲學家。在培育巨型動力蝴蝶的過程中，他也出了不少力。他很喜歡蝴蝶，甚至還給那些實驗用的蝴蝶一一取名，他最喜歡的那隻光明女神藍蝶就叫『安娜』。可到了實驗後期，他每天目睹蝴蝶的痛苦，越來越承受不了內心的自責，最終選擇了放棄。」

皇帝閉上眼，彷彿陷入了回憶。

「我尊重他的選擇，但我也知道，如果讓他繼續留在這個國家，等蝴蝶動力被廣泛應用後，他很可能會精神崩潰。所以，我通過《魔幻詞典》把他送到了別的地方——沒錯，就是你們那個世界。那時我讓他保存好《魔幻詞典》的鑰匙，以便想回來的時候能夠隨時回來。」

掌櫃望着皇帝，語調中不帶絲毫情感：「陛下，可惜您依舊沒能幫到他，直到臨終前，他念念不忘的還是——救救安娜。他希望有人能拯救那些被奴役的蝴蝶。」

皇帝苦笑了一下，小如意這才注意到，他的眼角和額頭有許多皺紋。

「雖然你們受理了解救安娜的業務，但我只能遺憾地說，你們的委託任務恐怕無法完成了——安娜是這個國家空氣淨化處理器的主動力，如果沒有它，這個國家的空氣就會糟糕到人們無法生存的程度。也就是說，沒有安娜，所有居民都會死。」

小如意忍不住插嘴道：「陛下，難道沒有其他動力來代替安娜嗎？」

「沒有。空氣淨化處理器非常龐大，失去安娜這種超巨型蝴蝶帶來的動力，它根本無法運轉。而安娜，只有一隻。此類型的變異品種在培育過程中非常容易死亡，安娜是該類型的唯一倖存者。」

「怎麼會這樣……」小如意失望地望向掌櫃，發現他

也眉頭微皺。於是她不甘心地追問皇帝：「陛下，這件事難道沒有任何回旋的餘地嗎？」

皇帝無奈地深深歎了口氣：「也不是完全沒有，只是希望渺茫……如果能夠找到我妻子，或許我有辦法研發出新能源。」

原來皇帝的妻子在生病前具有過目不忘的能力，記憶力非常好。當年還是生物學家的皇帝雖然默默無聞，但他卻在研發一項偉大的技術——凝固陽光，以固體形式存儲陽光的能量。出於保密考慮，當時的所有重要資料都記錄在了他妻子的大腦中，然而就在研發進行到一半時，他的妻子患病、失蹤，隨之丟失的還有他的重要實驗數據……

因為丟失了關鍵資料，生物學家當年只得被迫中斷這項研究，轉而和那位昆蟲學家朋友聯手研發蝴蝶能源。

「陛下，也就是說如果我們能找回您的妻子，如果她還記得那些實驗數據，您就可以讓固體陽光成為新能源，對嗎？」因為看到了一線希望，小如意的眼睛亮了起來，「有了新能源，那些蝴蝶就自由了。」

「沒錯⋯⋯不過這些年我一直都在尋找我的妻子,可她依然下落不明。」皇帝神色黯然,小如意覺得他看上去更加憔悴蒼老了。

「陛下。」許久沒有開口的掌櫃走到皇帝面前,恭敬地施了個禮,「在下在尋人尋物方面略有些過人之處,如蒙陛下不棄,在下願意一試,竭力為陛下尋找皇后。如能成功,陛下即可與皇后團聚,而在下也能完成客戶所託,解救蝴蝶安娜。」

聽了掌櫃的話,皇帝立刻站了起來:「如果你能找回我的妻子,我可以答應你的任何要求,哪怕將整個帝國拱手相送也在所不惜!好!請接受我的正式委託──盡力找回我的妻子吧!」

「這是在下的榮幸。」掌櫃低下頭,再次恭敬施禮。

下午,空氣中彌散着薄薄的霧氣,陽光被隔離在這霧氣之後,整座城市彷彿是一塊布滿灰塵的鏡子裏映出的虛像,讓人看不真切。

此時此刻，掌櫃和小如意正坐在飛向「古裏古怪藝術館」的「蝴蝶巴士」上。

　　想要找到皇后，就必須知道她的容貌，可整個蝴蝶帝國中，只有一個地方有皇后畫像，那就是「古裏古怪藝術館」。

　　據說，皇帝曾印製了許多妻子的照片，張貼在各處以便人們幫助尋找。可人們漸漸對這些哪裏都能看到的照片麻木了，有興趣去尋找她的人越來越少。於是皇帝索性下令銷毀了妻子的所有照片，只保留了一幅肖像畫，珍藏在「古裏古怪藝術館」。

　　「我堅信，能專程進入藝術館看畫像的人，才是真正有智慧和決心的人，也只有那樣的人才有可能找到我的妻子。」皇帝曾這樣表示。

　　坐在「蝴蝶巴士」中，小如意回味着皇帝的話，覺得納悶：「掌櫃，藝術館又不是被銅牆鐵壁包圍着，想要進去還需要智慧和決心？皇帝到底是什麼意思呢？我總覺得他話裏有話……」

掌櫃正在閉目養神，他連眼皮都沒動一下，只淡淡回應道：「猜測無用。到了那裏自然就明白了。」

「『古裏古怪藝術館』站到了，請客人們下車。」

巴士放下掌櫃和小如意後，便調轉方向向市裏飛去。

小如意環顧四周，和高樓林立的城市相比，這裏十分開闊。腳下的石子路一直向西延伸到遠方連綿的山腳下，道路兩旁有農田、果園、花圃，還有零星幾座木屋。只是這裏看不到一個人，更沒有看上去像藝術館的建築。

「掌櫃，咱們是不是下錯站了？」小如意趕緊回頭望向天空，那輛「蝴蝶巴士」早已飛遠，變成了天空中的小黑點，現在叫它回來已經來不及了。

掌櫃仔細看了看路旁的巴士站牌：「這一站的確是『古裏古怪藝術館』，助理小姐，這裏還有一行小字——『西行至藝術館』。我們只要沿着小路一路向西即可。」

小如意望向似乎沒有盡頭的石子路，苦笑着安慰自己：「算了，就當和掌櫃您一起徒步郊遊吧。沒有堵車，沒有尾氣，路邊有田園風光可以欣賞，包裹有皇家美食可

以品嘗，還不錯啦⋯⋯」

　　想到自己的滿滿一背包零食，小如意又高興起來，於是，她和掌櫃並肩踏上了通向藝術館的小路。

　　這場「徒步郊遊」從下午持續到黃昏，直到夕陽西下，小如意望眼欲穿的藝術館還是沒有出現。

　　太陽的耀眼光芒已漸漸消散，只剩下夕陽的餘暉懶洋洋地灑在大地上。不過，就連這點光亮也即將被前方連綿的羣山遮擋。之前還油綠一片的羣山，此刻變成了一大片黑色剪影。

　　剛才掌櫃讓塞巴斯蒂安先飛去探路了，可牠到現在還沒回來。小如意不禁擔憂起來。

　　「掌櫃，我們沒走錯方向吧？怎麼走了這麼遠還沒到？塞巴斯蒂安也已經去了很久了⋯⋯」她突然想起皇帝的話，「難道這是在考驗參觀者的決心？」

　　掌櫃微微勾起嘴角，似笑非笑，對助理小姐的猜測不置一詞。

天色暗淡下來，周圍的風景像被籠罩在了一個藍黑色墨水瓶裏，無論怎樣睜大眼睛都無法將它們看清楚。

田野裏傳來昆蟲的鳴叫，植物在微風中輕舞，空氣顯得更加安靜了。不久，天完全黑下來，月亮被一大團雲彩包裹住，小如意不得不放慢腳步，小心翼翼地跟着掌櫃前行。她的腳又脹又疼，這石子路剛走上去時十分舒服，可時間久了，不免硌腳。

不知又走了多久，忽然間，小如意覺得周圍明亮起來，彷彿有人在黑暗房間裏點亮了一盞燈。原來，月亮終於從雲彩中掙扎出來，清澈的銀色光輝照亮了腳下的石子路。

「掌櫃您看⋯⋯」小如意下意識地放低音量，彷彿聲音稍微大些，就會震碎眼前幻夢般的風景。

白天看起來平凡無奇的石子小路在月光下竟美得如同天上銀河！一塊塊光滑石子反射出深淺不一的光芒，小如意發現自己每向前走一步，那些光芒就會因為視角的不同而發生變化。

此時，這條伸向遠方的小路簡直就像一條波光粼粼的銀色河流。

「好漂亮……」小如意忍不住讚歎。

「一件東西是否有魅力，實在不能妄下判斷。有些平日裏看起來很普通的事物，説不定也會在特定環境中變得美麗非凡。」説着，掌櫃忽然停下了腳步。他專注地凝望着前方道路，似乎在努力探索着什麼……

很快，他突然問小如意：「助理小姐，你發現這石子路上的信息了嗎？那裏是——樹。」

「樹？」小如意茫然地順着掌櫃的目光望向右前方。漸漸地，她居然真看出了點名堂！

耀眼的光，柔和的光，暗淡的光……因為石子的質地和顏色不同，它們反射出的月光也不盡相同，那些或明或暗的光線好像可以組成什麼……對了！是字啊！

「掌櫃！我看到了！」

小如意興奮地叫道，差點忍不住去扯掌櫃的西服衣袖：「亮光組成了一個字！是『樹』字！」

掌櫃露出一絲笑意：「沒錯。信息應該不止一個字。繼續找。」

這些信息十分隱蔽，因為每個字都由石子反射的光線組成，必須在特定角度才能看到它們。經過一番耐心的尋找和辨認，掌櫃和小如意一共讀出了六個「月光文字」。

「『樹影相逢暹羅』？」小如意猜不透這句話的含義。

石子路上循環往復地出現這幾個字，但它們意味着什麼呢？樹和影子相逢在暹羅？這些文字和藝術館又有什麼關係？

掌櫃和小如意在這條神奇的石子路上又走了兩個小時，而期待中的藝術館依然不見蹤影。最終，掌櫃決定在路旁的一座木屋裏休息一晚，明早再上路。

第二天清晨，小如意被塞巴斯蒂安那熟悉的鳴叫聲喚醒，她睜開眼，那隻昨天去探路一直沒回來的烏鴉此刻正站在她的胸口。

「塞巴斯蒂安！你總算回來了！」小如意立刻從睡意中清醒過來，把塞巴斯蒂安捧在掌心，輕輕撫摸牠的羽毛。

「助理小姐，準備出發。」掌櫃身姿挺拔地站在門口，「塞巴斯蒂安已經探好了路，藝術館就在前方幾公里遠的地方。」

果然，小如意和掌櫃沿着石子路又前行了一會兒，他們終於遠遠地看到了——山腳下，一片白色建築沐浴在柔美晨曦之中，正靜靜等候着遠道而來的訪客。

一個小時後，小如意終於站在了「古裏古怪藝術館」的大門外。

「『古裏古怪藝術館』……把藝術館建在這麼偏僻的地方，這行為本身就夠古怪的。」小如意抬頭望着大門上的石雕字，自言自語道。

整座藝術館就像一座用潔白巨石砌成的城堡——石門兩側是向南北兩個方向延伸出去的高高石牆，它們像護城

牆一般將藝術館包圍其中。除了「古裏古怪藝術館」幾個字，石門和石牆上再沒有任何裝飾，倒也顯得大氣端莊。

「掌櫃，我們進去吧？」

「沒有密碼是進不去的。」不知何時，掌櫃已經走到了石門近前，他正撫摸着兩扇石門間那石鎖般的方形凸起物。

原來，緊閉的石門是被一塊石鎖鎖起來的，石鎖表面被鏤空雕刻出四個方形「小窗」，每個「小窗」裏都嵌着一個可以撥動的石轉輪，上面雕刻着從「0」到「9」十個數字。

「掌櫃，這是密碼鎖？」小如意皺起眉頭。

「是的。」掌櫃說，「我們現在需要一個四位數密碼。」

「皇帝忘記告訴我們密碼是多少了！什麼破記性……」小如意懊惱極了。

然而掌櫃不動聲色：「密碼要由參觀者自己尋找，否則，這藝術館又如何能考驗人的智慧和決心？」

小如意恍然大悟，立刻在藝術館門前搜尋起來，希望能找到些關於密碼的線索。然而許久，她仍然一無所獲。

　　太陽逐漸升起，空氣也熱了起來，白色石塊反射出耀眼的光芒，讓人不得不瞇起眼睛。被曬得渾身發熱的小如意真想躲進掌櫃那大尾巴的影子裏，可她不敢。於是她四下張望，想找棵能乘涼的樹。

　　樹倒是有一棵，就在不遠處的石牆旁，但那是一棵只剩下乾枯枝丫的樹，孤零零地矗立在空地上。

　　樹？

　　這個字在小如意的腦海中劃過，激起一個念頭，然而這念頭好像夜空的流星，想要照亮什麼，卻又飛快閃過，尋不到蹤跡。

　　「助理小姐是不是想到了什麼？」

　　小如意看了掌櫃一眼，欲言又止。

　　「助理小姐是不是想說──昨晚的石子路信息裏就有一個『樹』字，那個字會不會和這棵枯樹有關係？」

　　掌櫃的提醒猶如醍醐灌頂，小如意興奮地叫道：「對

對對！我就是這個意思！樹影相逢暹羅！沒準兒就是指這棵樹！」

掌櫃指着那棵樹説道：「其實不僅出現了『樹』，連『影』也出現了。」

小如意順着掌櫃手指的方向望去，在太陽的照射下，枯樹的影子像某種黑色植物，攀爬在潔白石牆上。這不正暗合了昨晚信息中的「影」字嗎？

咦……可是總覺得哪裏很彆扭……

突然，小如意意識到了眼前景象的詭異之處！她失聲叫道：「那棵樹怎麼會有兩個影子！」

除了映在白石牆上的樹影，地面上居然還有個黑乎乎的樹影！

小如意緊張地跟在掌櫃身後，慢慢向枯樹走去。不過等她看清地上的「影子」後，她立刻釋然了——那影子居然是偽造出來的！有人用黑石頭在地面鑲嵌出了一個惟妙惟肖的枯樹「影子」。

這到底是怎麼回事？難道是哪個參觀者搞的惡作劇？

可石子路信息中「樹」和「影」的出現難道只是巧合？

「樹影相逢暹羅」……「暹羅」是對泰國的古稱，樹的影子又怎麼會相逢在泰國呢？難道蝴蝶帝國的人也知道「泰國」這個國家……

這暗語八成是皇帝想出來的！他不是曾把助理送到我們的世界嗎？說明他對我們那個世界多少還是有些了解的……

在小如意腦袋裏，各種思緒飛來飛去，可她卻一個也抓不住。

「看來我們讀錯了。那些字應該重新排列組合——『暹羅樹影相逢』。」掌櫃目光篤定地望着地上的「樹影」，向他的助理小姐解釋起來，「這裏的暹羅應該是代指暹羅雙胞胎，也就是連體雙胞胎。1811年，在暹羅，也就是如今的泰國，誕生了一對雙胞胎，他們腹腔相連，後來成為聞名世界的連體人。從此以後，暹羅雙胞胎成了連體人的代稱。」

掌櫃走上前，看看牆壁上的真實樹影和地面上的假

影：「石子路信息中的『暹羅樹影』，指的就是這枯樹的兩個影子。它們連在一起無法分開，就如同連體雙胞胎一樣。」

聽了掌櫃的話，小如意瞬間醒悟：「掌櫃我懂了！隨着太陽角度的變化，真實的樹影會移動位置，而『暹羅樹影相逢』就是要我們等待兩個影子重合的時刻！」

「沒錯，那個時刻，恐怕就是打開石鎖的密碼。」掌櫃微微頷首。

在接下來的時間裏，雖然被太陽曬得汗流浹背，但小如意還是滿心興奮。

枯樹的影子慢慢從白石牆上萎了下來，匍匐在地面上，又逐漸向它的孿生兄弟——那個石頭「影子」爬去。

掌櫃掏出他心愛的金懷錶，默默注視着指針的移動。早在『跳棋旅館』時，注重細節的掌櫃就已將懷錶調整到了「蝴蝶帝國時間」。

小如意站在樹邊，緊張地望着兩個樹影。

還有五厘米……三厘米……一厘米……半厘米……

終於！兩個黑色樹影──一個是無形光影，一個是有形實物──完全重合在了一起，連細枝末節都完全吻合，沒有絲毫偏差。

「現在！」小如意叫道。

「十點四十六分。」掌櫃讀出了準確的時刻。

得到四位數密碼，兩人重新回到石門前。望着掌櫃慢慢撥動鎖上的轉輪，小如意緊張得屏住了呼吸……萬一這根本就不是密碼怎麼辦……

不過，小如意的擔心很快便隨着石鎖的開啟而煙消雲散了。

石門開了，一陣陰涼的氣流湧來，小如意身上被太陽曬得發燙的皮膚立刻得到了撫慰。真涼快呀！

陰暗的前廳像個走廊，向前望去，藝術館建築羣如同陽光下發光的油畫，鑲嵌在走廊盡頭那高大的拱形門框內。小如意跟着掌櫃，一步步向那「油畫」裏走去。

藝術館建築羣雖然都由潔白石塊建成，但每一座建築都風格各異。小如意一邊走，一邊小聲唸出每座建築物大

門上雕刻的文字。

「貝殼城的藝術」、「發條國的藝術」、「向日葵海的藝術」……而他們要找的，是「蝴蝶帝國的藝術」，皇后的唯一畫像就珍藏其中。

這藝術館佔地極廣，小如意感覺自己已經走了很久，仍未看到「蝴蝶帝國的藝術」展館。不過她並不覺得乏味，因為欣賞那些風格迥異的奇妙建築也是件令人愉快的事。

比如那棟收藏貝殼城藝術品的展館，它被建成兩扇打開的巨大貝殼形狀，底部還有象徵海浪的石雕，而展館的入口就巧妙隱藏在「海浪」的一個「浪花」中。掌櫃告訴小如意，這種形狀的貝殼叫作「天使之翼」，十分稀有。果然，那兩扇潔白貝殼對稱打開，像極了天使的雙翼。

一座座奇妙的建築物深深吸引了小如意，建築物裏面的收藏品就更令人好奇。她盤算着在找到皇后的畫像後，是不是可以央求掌櫃帶她到處參觀一下。

正浮想聯翩，小如意突然聽到掌櫃的聲音。

「助理小姐，我們到了。」

道路前方出現了一片圓形空地，雕刻着「蝴蝶帝國的藝術」幾個大字的展館就坐落其間。環顧四周，其他建築好像都是圍繞它而建的。看來，這裏應該是整座藝術館的中心。

正如小如意之前的猜想，這座展館的設計有蝴蝶的裝飾元素。

一朵巨大的石雕花盛開在草坪上，在陽光下白得耀眼的石雕蝴蝶似乎剛剛收起翅膀，落上花蕊。更有趣的是，一片花瓣從花朵上脫落，在它接觸地面的瞬間，像被人施了魔法一般永遠凝固住了，而美術館的入口，就在這片與地面相觸的巨大花瓣上。

很快就能看到皇后的畫像了，不知道她究竟長什麼樣？

小如意深吸一口氣，抑制住內心的激動，和掌櫃一起走進了「蝴蝶帝國的藝術」展館。

雙層油畫

　　一走進空曠的大廳，小如意就看到了他們苦苦尋找的畫像──它就懸掛在大廳中央的精緻展板上，旁邊還有無數金箔製成的蝴蝶裝飾簇擁着，非常引人注目。

　　「好漂亮的美人！」小如意忍不住感歎道。

　　畫中女子面帶微笑，一頭微微鬈曲的淡金色長髮從臉頰兩側自然垂落到腰際，而她的琥珀色眸子與這頭秀髮極為相襯，其美麗勝過任何珠寶。

　　「好重的血腥氣。」

「啊？」小如意驚訝地扭頭望向掌櫃，「掌櫃，您審美沒問題吧？這樣的美女您覺得血腥？」

掌櫃眉頭微皺：「我不是說她的容貌。這畫本身帶着股血腥氣。」

小如意想起一本書中的介紹——人類的嗅覺細胞只有500萬個，而狗的嗅覺細胞則有12,500萬到20,000萬個！那麼同為犬科動物的狐狸，嗅覺一定也超級厲害。

「好吧，人類的嗅覺確實不太靈敏……掌櫃還是您厲害！」

對於自己被排斥在「人」之外，掌櫃有些不悅，但在工作期間，他也懶得跟自己的助理計較。

「助理小姐，請把那幅畫取下來。」

因為聽說畫中有血腥氣，小如意在取畫時有些緊張，生怕畫中的美女會突然變成女鬼。不過還好，直到她按照掌櫃的要求把畫放在一旁的長桌上，畫中女子的容顏依然恬淡美麗。

掌櫃已經戴好了白手套，他湊到油畫前仔細檢查了一

番，眉頭漸漸皺在一起。

「如果我推斷得沒錯，這畫的下面還覆蓋着另一幅畫。」

「啊？」小如意詫異極了，「難道狐狸活一千多年就能擁有X光透視眼嗎？太神了！」

聽到無知的助理小姐居然當面說出「狐狸」二字，掌櫃目光凌厲地看了她一眼：「助理小姐，如果明年你還想漲薪水的話，最好把你腦袋裏的灰色細胞啟動後再來跟我工作。現在，把背包裏的墨綠色試劑瓶給我。」

小如意撇撇嘴，聽話地打開了背包。包裏除了她的寶貝零食，還有各種調查時可能用到的工具。很快，她翻出了那個墨綠色玻璃瓶遞給掌櫃。

「掌櫃，您要這個幹嗎？」小如意小聲問道。她知道瓶裏是掌櫃自己調配的某種試劑，主要成分似乎是松節油。

「擦掉上層的油畫。」說着，掌櫃已經擰開了瓶蓋，把裏面的液體倒在一塊手帕上。

聽到掌櫃如此輕描淡寫，小如意大驚失色：「您要擦掉這畫！掌櫃！這可是皇后唯一的畫像啊！要是擦掉了皇帝陛下會……」

不等小如意說完，掌櫃已經俯下身，認真擦拭起油畫來：「無妨。以後皇帝陛下再也用不到這畫了——我會把他真實的妻子送還到他身邊。」

聽掌櫃說得如此篤定，小如意也不好再阻攔，只默默站在一旁看着掌櫃工作。

掌櫃動作嫻熟而自信，不像是第一次操作。小如意暗自讚歎，不由得輕聲問道：「掌櫃，這手藝您是什麼時候學會的？我怎麼不知道？」

掌櫃頭也不抬地說：「你自然不知道。助理小姐，我學會這個的時候，你的太爺爺還沒有出生呢。」

「哦？」

「當年我和好友遊歷歐洲，曾在意大利住過幾年，我繪畫方面的技巧就是在那時學會的。米高安哲羅先生確實是位偉大的藝術家，可惜那幾年他專注於為西斯廷教堂創

作壁畫，不然我能從他那裏學到更多東西。不過說到那時代的天才人物，我個人認為還是達·文西先生，無人能出其右，可惜我與他只在法國有過一面之緣⋯⋯」

小如意很少聽掌櫃談起他的過去，只知道很久很久以前，掌櫃曾在歐洲生活多年，可沒想到他居然和文藝復興時期著名的「美術三傑」中的兩位都見過！

「掌櫃！」小如意簡直激動得熱淚盈眶，「您怎麼不早告訴我啊！我太崇拜您啦！對啦！您當時有沒有跟大師們合影留⋯⋯哦，那是古代⋯⋯那您至少應該要了簽名吧！」

掌櫃手中的工作一直沒有停，看也沒看小如意，他想起小如意曾說過，她的夢想就是得到某位偶像影星的簽名，並與他合影⋯⋯

人類這種生物還真是容易被七情六欲控制，實在太缺乏理性⋯⋯掌櫃不屑又不解，重新將注意力集中在手頭的工作上。

「完成了。」終於，掌櫃直起身，「助理小姐，把你

的思維從文藝復興時期拽回來吧，看看這個。」

坐在一旁的小如意趕緊收起紛飛的思緒，當她走到桌邊看到擦拭後的油畫時，不由得臉色突變！

「天哪！怎麼會……」

這油畫布上果然有兩幅畫作！

上面那層恬淡美女已被掌櫃擦掉，如今留在畫布上的也是幅女人肖像，但她的容貌體態和之前那位美女相比，簡直是雲泥之別！

且不說她的身體是如何肥胖臃腫，單是面部，就足以令人尷尬——由於脂肪太多太厚，她的五官都被擠變了形，連眼睛都睜不開了。

小如意目瞪口呆地望着畫中人，忽然意識到一件事，她不確定地問掌櫃：「掌櫃，您之前說的血腥氣，難道是……」

「沒錯，就是她的頭髮。」掌櫃用戴着白手套的手指輕輕觸碰了一下畫中女人那蓬亂的紅髮，「這不是普通的紅色顏料，是血。」

血！

小如意倒吸一口涼氣，不由得後退一步，無數問題在她腦海中紛飛……這胖女人是誰？她的畫像為何會被覆蓋在皇后的畫像之下？而她的頭髮為什麼要用鮮血畫成？那麼多血，又是誰的……

「看來我們有很多疑問。」彷彿看穿了小如意的心事，掌櫃緩緩取下白手套，「帶上這幅畫，我們去找知道答案的人問個清楚。」

「知道答案的人？那是誰？」小如意還沒從最初的震驚中恢復過來，茫然地問道。

掌櫃指指畫的右下角，那裏有個不易察覺的極小簽名。

「知道答案的人，就是畫家本人。」

畫家的簽名是「阿爾戈斯」，其實這是他畫室的名字，至於他的本名，沒有人知道，於是漸漸地，「阿爾戈斯」就成了人們對這位神秘畫家的稱呼。

阿爾戈斯的畫室很好找，因為他是蝴蝶帝國的著名畫家。令他出名的不僅是他高超的畫技，還有他對客人的極端挑剔。許多人都想找他畫肖像，但他只接極少量的業務——大部分人都因為他「看不順眼」而被拒之門外了。

　　離開「古裏古怪藝術館」，掌櫃和小如意一路打聽，終於站在了阿爾戈斯畫室緊閉的大門前。

　　小如意擔憂地看看掌櫃：「掌櫃，剛才給我們指路的人也說了，這畫家脾氣古怪，極少見人，也不知道他會不會同意見我們……」

　　沒等小如意說完，畫室大門忽然幽幽開啟。門內站着一位短髮中年女士，她嘴角掛着淡淡笑意，眼鏡後的眼神溫和又精明。

　　「阿爾戈斯先生已經在樓上恭候二位了，請隨我來。」

　　聽了這話，小如意大吃一驚，忍不住脫口而出：「奇怪！他怎麼知道有人拜訪？」

掌櫃略帶責備地看了冒失的助理小姐一眼，然後彬彬有禮地説：「在下是記憶古董店掌櫃愛德華，冒昧前來，實在失禮。聽聞阿爾戈斯先生素來深居簡出，不喜會客，此次先生能在百忙之中接待在下，實屬在下的榮幸。」

　　眼鏡女士一邊把兩位客人讓進室內，一邊回應道：「剛才，阿爾戈斯先生從樓上窗口看到二位站在門外。想必二位也知道，先生他一向對來訪者非常挑剔。所以我也有些意外，畢竟先生主動邀請客人進來還是第一次——我猜這大概和二位帶着的畫有關吧。」

　　奇怪，畫明明是用紙包起來的，難道這怪畫家有透視眼？能看出裏面是自己的畫作？也不知道他看到畫被擦掉了一層會不會生氣……小如意既好奇又緊張，跟在掌櫃身後走上二樓。

　　阿爾戈斯先生看上去六十多歲，雖然頭髮已經花白，但精神矍鑠，目光像孩子般清澈明亮。

　　「沒想到這麼多年過去，居然有人看穿了我的秘密。」阿爾戈斯先生似笑非笑地打量着掌櫃和他身旁的小

如意。

　　掌櫃微微欠身施禮：「非常抱歉，因為某些緣故，在下不得不擦掉了閣下的一層畫作。」

　　「那不重要。」阿爾戈斯先生不以為然地擺擺手，示意客人坐下，「我肯見你們，不是因為你們帶着我的作品，而是因為你們兩人本身……怎麼説呢？很奇怪，也挺有趣。」

　　天哪，竟然有人當面説我們奇怪？當然啦，我很正常，這老畫家説的一定是掌櫃……

　　小如意忍不住偷偷瞄了一眼掌櫃頭頂的狐狸耳朵。掌櫃好慘，他愛死他的毛茸尾巴和耳朵了，可眼下居然被人説奇怪……

　　然而掌櫃似乎並不介意老畫家的話，他直奔主題，語調依舊恭敬謙和，向對方解釋了自己前來拜訪的原因。

　　「原來你們在找皇后……」阿爾戈斯先生站起身來，走到那幅畫前，撕開外面的保護紙。他瞇起眼睛，細細端詳那幅被他隱藏多年的油畫，眼神複雜。

「你們想知道這畫上的女人是誰？我可以告訴你們——這就是皇后。」

聽了阿爾戈斯先生的話，小如意失聲叫道：「什麼？！皇后不是位美女嗎？！」

老畫家似乎早料到了客人的詫異，他不緊不慢地回答：「她曾經的確是位美女，注意，是曾經。而現在，她恐怕已經是畫上這副模樣了。」

掌櫃不動聲色地問道：「阿爾戈斯先生，如果在下沒有理解錯，您當年替皇后作畫時，首先畫了她未來的模樣，然後才在上面畫上了她當時的肖像？」

「沒錯，我為她畫了兩幅畫像。當年，皇后還不是皇后，只是一位落魄生物學家的妻子。」

阿爾戈斯先生重新坐回沙發裏，向兩位訪客娓娓道來。

阿爾戈斯是位能「看」到人們未來面孔的畫家。

當一個人站在他面前時，他腦海中就會浮現出對方若

干年後的容貌。他看到過青春少女步入中年後操勞的早衰模樣，也看到過天真孩童長大成人後的陰險表情，而最令他痛苦的是，在為某些人畫肖像時，他腦海中只有一片空白——那意味着對方沒有未來，那人活不了多久了，無論此刻他或她是年邁還是年幼……

阿爾戈斯為自己的這一特殊本領感到苦惱，他不喜歡預知他人的未來，尤其是不好的未來。因此，他開始慎重挑選自己的模特兒。只有符合他心意的人才有機會坐在他的畫布旁，而那些人的未來容貌往往透着善良、和藹的獨特魅力。他先把對方的未來容貌悄悄畫下，然後再畫上另一幅畫進行覆蓋，這第二幅畫才是對方當時的肖像。

多年來，這是只有他才知道的秘密。

當年，阿爾戈斯主動提出免費為生物學家的妻子作畫，是因為他「看」到了她「異常獨特」的未來容貌。

聽了這番話，小如意忍不住望向一旁的油畫。異常獨特？除了肥胖和醜陋，大概就屬她那鮮血渲染的長髮最獨特了……

彷彿察覺到了小如意的想法，阿爾戈斯先生解釋說：「我能看到一個人十幾年後的容貌，按我以前的經驗，即使經歷許多變故，一個人的容貌也不會劇變到讓人完全認不出。可那時我見到她，覺得非常不可思議——多年後她的樣子竟會面目全非，簡直像變了一個人。尤其是她的頭髮，那頭美麗金髮居然變得血紅！」

平息了一下自己的呼吸，阿爾戈斯先生繼續說道：「在作畫過程中，我遇到了困境——她紅髮的顏色我無論如何都調配不好，那紅色似乎有某種魔力，讓我瘋狂。我幾乎試遍了所有的顏料，但效果都不理想。最後，當我幾乎想要放棄的時候，我想到了自己的血。」

「難怪掌櫃說這幅畫有血腥氣……」小如意情不自禁地嘀咕道。

阿爾戈斯先生笑笑：「大概藝術家都有瘋狂的一面吧，最終，我以自己的鮮血為原料，調配出了獨一無二的紅顏料，那效果你們也看到了，堪稱完美……」

「恕在下直言。」掌櫃開口問道，「閣下為何沒將底

層肖像的事稟告皇帝陛下？他一直按照妻子當年的模樣來尋找她，可是他不知道，如今她的容貌早已不復當年。皇帝陛下之前的所有努力和尋找，其實都建立在錯誤的信息上。」

阿爾戈斯先生歎了口氣：「是的，我知道這一點，但我實在不忍心告訴他真相——他那位美麗優雅的妻子已經不存在了，取而代之的是這個醜陋怪異的女人。更何況，誰會相信我的話呢？我不想被當成怪物關起來……」

一時間，房間裏鴉雀無聲。

掌櫃沉默片刻，終於再次開口：「非常感謝閣下提供的信息，對在下的工作很有幫助。既然如今皇后的容貌已經發生巨大變化，在下就要重新搜集線索了。除了容貌，閣下對皇后還有哪些了解？」

阿爾戈斯先生理理灰白頭髮，忽然像想起了什麼似的猛拍了下沙發扶手：「對了！聲音！皇后的嗓音非常獨特，怎麼形容呢……就像染成淡藍色的絲綢！」

小如意絞盡腦汁，可還是想像不出「淡藍色絲綢」是

怎樣的聲音。

　　「我有個老朋友是專門搜集聲音的，他曾經採集過皇后的聲音。你們不妨去找他，這或許對你們的工作有幫助。」說着，阿爾戈斯先生找來紙筆，寫下一個位址。

記錄聲音的蜜球

「掌櫃,我們真的要去找那個養蜂人啊?話説回來,畫家和養蜂人究竟是怎麼交上朋友的?」

第二天清晨,小如意跟隨掌櫃下了「蝴蝶巴士」,走在一條郊外小路上。她不知道皇后的聲音能對他們的調查工作有多大幫助。

「我們現在掌握的信息還太少,所以不能放過任何一個線索。助理小姐,要知道除了長相,聲音也是辨識一個人身分的重要標識。比如幾個人在書房交談,你在門外,

你怎樣確定我是否也在其中呢？

「靠聲音？」

「沒錯。具體來説就是靠你對我聲音的辨識──每個人的聲音都有其獨特的音色、音調和響度，並且與其他任何人都不相同，所以你聽到我的聲音，就知道是我本人。」

小如意恍然大悟：「我明白了掌櫃！也就是説，即便我們不知道皇后的長相，只要能找出那個擁有『淡藍色絲綢』般嗓音的人，她就一定是皇后，對嗎？」

「理論上講的確如此。」

「太棒了！」小如意得意地打了個響指，「別人我不敢説，但掌櫃，您的聽力在犬科動物裏可是數一數二的！我們很有優勢嘛！」

犬科動物……

掌櫃頭頂的銀白耳朵不易察覺地動了動，但他還是忍住了火氣。

「助理小姐，我告訴過你不要做打響指這種粗俗的動

作。即使智商情商都不高，至少你也要裝得像個淑女。」

走過一片野草蔓生的荒野，小路兩旁出現了望不到邊的田地，不知是誰，在田裏整整齊齊地種植了無數紅百合。

太陽升起，東邊的天空泛起朝霞，各種深淺不一的紅色被不可思議地調和在一起。在這樣動人的背景下，朵朵紅百合連成一片血色海洋。晨風吹過，湧起層層紅色波浪。這波浪被風推着，擴散到天邊，把人的視線牽引到絢爛無比的朝霞中去。

這畫面美得令人窒息，小如意不由得放慢了腳步。

「花田裏有人。」掌櫃停了下來。

果然，在如火的百合花田中，一個身影正緩緩朝田邊移動。

對方越走越近，終於，小如意看清了，是位老伯伯。

「掌櫃，他背上是什麼東西？好大的箱子。」小如意嘀咕道，「是肯德基的外賣箱嗎……」

「助理小姐，那是蜂箱。那位先生可能就是我們要找

的人。」

被掌櫃這麼一提醒，小如意注意到老伯伯身旁飛舞着不少蜜蜂。於是她不由自主地往後退了兩步。被蜜蜂螫的滋味一定不好受。

老養蜂人走到田埂邊，好奇地打量着兩位陌生人。

「您好，先生。」掌櫃彬彬有禮地開口，「在下是記憶古董店掌櫃愛德華，不知能否叨擾片刻？在下有些事情想向先生請教。」

老養蜂人笑容慈祥，他推推頭頂的帽子：「哈哈，你可真是問對人嘍！這方圓幾公里之內就我一個人。」

見小如意盯着飛來飛去的蜜蜂，面露戒備之色，老養蜂人笑着寬慰她：「放心，小姑娘，這蜜蜂不蜇人。」

掌櫃的目光飛快掃過小如意的眼睛，似乎在暗示她不要太過緊張。然後他從西服馬甲的口袋裏掏出畫家阿爾戈斯寫的便箋。

「是阿爾戈斯先生介紹在下過來的，在下正在調查一件事情，如果能得到您的幫助，那真是在下莫大的榮

幸。」

老養蜂人接過便箋，瞇起眼睛看了看。

「哦，原來你們想聽聽皇后的聲音啊？歡迎歡迎！平時我這老頭子總一個人，難得有客人到訪！隨我來吧！」

於是，老養蜂人領着兩位客人朝他的家走去。

這天中午，老養蜂人那套兩層小木樓裏彌漫着飯菜的香氣。

飯菜是小如意做的，老養蜂人對這位「掌櫃助理小姐」的廚藝讚不絕口。小如意心裏暗自得意——托掌櫃的福，她被訓練得擅長做各種美味佳餚，像今天這種簡單菜餚，她簡直閉着眼睛都能做。

此刻，掌櫃優雅地端起陶瓷杯，一邊品嘗老養蜂人自釀的葡萄酒，一邊聽他講述自己的故事。

小如意猜不透掌櫃是真覺得這酒好喝，還是只為了禮貌。要知道，平時掌櫃只喝勃艮第特級葡萄園的葡萄酒，並且一定要配那隻來自法國的雙色水晶古董酒杯。

「我啊，其實不是蝴蝶帝國的居民。我以前生活的地方，叫作光彩城⋯⋯」

老養蜂人的開場白讓小如意驚叫起來：「光彩城！我們前幾天才去過光彩城！那是座死城啊！」

對失態的助理小姐，掌櫃投以責備的目光，老養蜂人倒並不在意，他臉上掛着和藹又寂寞的笑意：「是啊，如今那是座死城⋯⋯」

在光彩城鼎盛時期，老養蜂人帶着妻子慕名而來，他們在城中開了家書店，期待美好生活徐徐展開，然而卻未能如願──那裏的居民對書籍絲毫不感興趣，他們的書店從開業之初便生意清淡，在苦苦堅持了數年之後，書店終於倒閉。

正在他們為生計發愁時，市政廳發來邀請，説光彩城正籌建圖書館，希望他能擔任館長。雖然他明白圖書館對光彩城來説只是擺設，平日肯定無人問津，但喜愛書籍的他還是接受了這個邀請。

為了更好地勝任館長一職，他暫別妻子，離開光彩

城，遠赴外地學習圖書館管理。然而一年後當他返回家鄉，卻發現一切都變了！光彩城「死」了！

曾經的五彩建築變得暗淡無光，所有大樓都被一種詭異的黑藤纏裏封鎖，無法進入。至於光彩城的居民，居然統統消失不見了！

他瘋狂地穿過空無一人的街道，跑向自己家——黑色植物牢牢囚禁着那棟公寓樓，「藤牆」堅韌無比，他根本無法穿過這道植物屏障。

站在樓下，他不停地呼喚妻子，然而直到聲音嘶啞，也沒有任何回應。

兩天後，他終於絕望地承認，妻子已經和光彩城的其他居民一樣，永遠消失了。

在寂靜的街道上漫無目的地走着，不知不覺間，他發現自己走到了一座恢宏美麗的建築前！這就是剛剛建好的圖書館！沒有黑色藤蔓，整座大樓竟完好無損！

在圖書館前的小花園裏，他發現了一個奇妙的蜂巢。小蜜蜂從蜂巢裏推出一粒粒金色小球，那些小球就掉落在

他腳邊。

他撿起一粒小球仔細觀察，它看上去像蜂蜜，捏上去很有彈性，還有香甜的氣息。是不是可以吃呢？出於謹慎，他從水壺裏倒出一杯水，將蜜球丟進水裏。

蜜球在水裏始終保持着最初的形態，並未溶解。然而幾秒鐘後，神奇的事情發生了！他聽到了熟悉的聲音——歌聲，一個男人的歌聲，還伴着嘩啦嘩啦的流水聲。

這是……他大腦中的一部分記憶忽然鮮活起來！

他記得這歌聲！它出自一則非常著名的沐浴露廣告，廣告裏的男人邊洗澡邊唱歌，那五音不全的歌聲每次都能逗得人哈哈大笑。

可如今，這歌聲竟令他淚流滿面。

他立刻又往水裏丟了一顆蜜球。這次傳來的是説話聲！這不是市長的講話嗎？就在全市最大最奢華的商場開業那天……

他終於明白了——水無法溶解這些小蜜球，卻能溶解裏面的聲音！

這絕不是普通蜜蜂，而是專門採集聲音的蜜蜂！

牠們以某種方式採集聲音，釀成蜜球，只要把蜜球放進水裏，聲音就會被重新「播放」出來。這小小蜜蜂簡直就是微型錄音機！而蜜球，則是微型存儲器。

於是，他激動地把其餘蜜球都一粒粒放進水中——那個經常蜷縮在「美美蛋糕店」門口的流浪小女孩，向行人伸出髒乎乎的小手時的乞討聲；那個全城第一富豪，在自己的雕塑前為公司產品做廣告的浮誇發言聲；每天傍晚，從市中心鐘樓裏傳來的悠長鐘聲；每天清晨，在最堵車的街道，腳步聲、刹車聲、喇叭聲、咒罵聲、孩子的哭聲⋯⋯

當這座城市中最容易被人忽略的聲音再次在耳畔響起時，他腦海中的往昔畫面變得清晰起來。瑣碎，卻那麼真實，讓他懷念不已。

因為這些蜜蜂的出現，原本絕望的他重新振作起來。他決心好好活下去，好好保管這些蜜球，好好照料這些蜜蜂，因為牠們忠實記錄了光彩城曾經「活」過的證據。

他帶着蜜蜂們離開了光彩城這片傷心地，漂泊多年後，終於在蝴蝶帝國安頓下來，從此開始了養蜂人的生活。

在這幾十年間，他帶着蜜蜂們四處採集聲音，去了無數地方。那些神奇蜜球被他一粒粒珍藏在小木匣中，貼上標籤，以便日後查找。

一次，他從遙遠國度帶回了紅百合種子，並把它們種在房子周圍。一年後，紅百合已延綿生長了數公里，他的小屋被包圍在火焰般的花海中。從此，每年紅百合盛開的時節，他都會留在家裏，給自己放兩個月假，也讓辛勤勞作的蜜蜂們在百合花田間休養生息。

聽了老養蜂人的故事，小如意懊悔又膽怯地看了掌櫃一眼。

她不知道是否該告訴老養蜂人——前幾天她不小心把邪惡的「黑種子」帶進了圖書館，結果黑藤蔓延，那座美麗的圖書館想必已淪落得和其他建築物一樣，被黑藤緊緊

束縛，再也無法重見天日……

在對光彩城的往事表示遺憾之後，掌櫃提出能否聽聽皇后的聲音。

「當然可以！跟我到樓上來吧。」

老養蜂人拿起一隻盛了半杯水的杯子，慢慢走上樓梯。

「那時候皇帝陛下還只是位生物學家，皇后那時是他的妻子兼助理。我在百合花田旁遇到兩人的時候，他們似乎正在採集關於陽光的什麼實驗數據。我一聽到她的聲音便被吸引住了，於是厚着臉皮請求他們准許我採集她的聲音。他們是很和善的人，同意了我的不情之請。於是我得到了那顆寶貴的蜜球，那是她背誦詩歌的聲音——後來，生物學家成了皇帝，而她則成了『不存在的皇后』，據説多年前她就失蹤了。」

木屋二樓有間專門存放蜜球的儲藏室，房間四周整齊擺放着一個個直抵天花板的高大木櫃，而每個櫃子都嵌滿了數不清的小抽屜。

老養蜂人把水杯交給小如意，然後拉開其中一個抽屜，從中取出個木匣。

「就是這個。」說着，老養蜂人從木匣裏小心翼翼地拿出那顆金色蜜球，放入水杯。

撲通。

輕輕一聲，蜜球沉入杯底。幾秒鐘後，房間裏響起了難以言說的美妙聲音——一個動人的嗓音在朗誦詩歌。這純淨、輕透的聲音好像能滲透人的皮膚，擴散到每一個細胞中去，讓體內所有濁物都遁形不見。

小如意閉上雙眼，彷彿看得到詩歌描繪的畫面——一望無際的蔚藍海洋。在陽光的照射下，海面熠熠閃光，如同一匹會流動的藍色絲綢。海浪輕拍礁石，誰的翅膀掠過海風，誰的雪白衣衫在飄動……

小如意聽得入迷，直到所有聲音都消失了，她才慢慢回過神來。

「真美……」她輕聲讚歎，似乎大聲說話就會破壞剛才的唯美畫面。那是首浪漫的敍事詩，講的是天使和人魚

的愛情。現在小如意才真正體會到，為何畫家阿爾戈斯先生會說皇后的聲音像「淡藍色絲綢」。

「的確非常獨特。能親耳聆聽皇后的聲音，實屬在下的榮幸。」

不知為何掌櫃神情凜然，他接着詢問老養蜂人：「在下還想請教，閣下的蜜蜂在採集聲音時，可有特定目標對象？」

老養蜂人搖搖頭：「沒有。牠們什麼聲音都會採集。不管是大自然的、人類的、動物的或是機械的……牠們都感興趣。誇張點講，我想在我這房間裏，能找到蝴蝶帝國裏所有的聲音。」

「每個蜜球的聲源採集地，閣下可有記錄？」

老養蜂人哈哈笑道：「那工作量太大了，而且我也用不着那麼做——蜜蜂記得每個聲音的採集地。有時候，我對某個蜜球的聲音品質不太滿意，就會讓牠們重返採集地，重新收集。」

掌櫃似乎對老養蜂人的回答十分滿意，他紳士地向對

方微微欠身施禮：「感謝閣下提供的寶貴資料，不過在下恐怕還有件事要勞煩閣下相助。」

「哦？什麼事？我一定盡力。」

掌櫃直起身，目光真誠地望向老養蜂人：「不知閣下能否將蜜球借予在下一晚？」

「當然可以，這不算什麼。」老養蜂人將記錄皇后聲音的蜜球重新放進木匣，遞給掌櫃，然而掌櫃卻沒有接。

掌櫃的嘴角掛着淡淡笑意：「在下的意思是——皇后失蹤之後的所有蜜球。」

「巨大的藝術」

　　暮色降臨，夜晚已做好了接班的準備。

　　小如意站在百合花田田埂上，望着逐漸暗淡的天光，心中開始不安。

　　就在剛剛過去的下午，掌櫃向老養蜂人借了浴缸，説他要聽皇后失蹤後蜜蜂採集到的全部聲音，如果裏面有類似「淡藍色絲綢」的聲音，那就是尋找皇后的重大線索。

　　小如意簡直嚇呆了——皇后已失蹤多年，從那時到現在的蜜球數量龐大，即使掌櫃説他可以同時把許多蜜球一

起放進水中，那工作量也難以想像！而且眾多聲音混在一起，又怎能輕易辨識出「淡藍色絲綢」？

然而掌櫃當時只是淡淡地說：「有些事情，也只有記憶古董店掌櫃才辦得到。」

「是啊，有些事情，也只有掌櫃這種犬科動物才辦得到，畢竟聽力過人嘛……」小如意無奈地歎了口氣，一邊自言自語，一邊忍不住回頭看了眼木屋二樓亮着燈的窗。掌櫃從下午開始就把自己關在那裏專心工作，也不知道情況怎樣了。

天終於黑了，月亮尚未升起，花田裏彌散着綢緞般的涼意。

小如意覺得有點冷，她忽然想，如果把掌櫃的尾巴裹在脖子上當圍巾，掌櫃會不會依舊保持優雅的紳士派頭呢？

正胡思亂想着，小如意眼前忽然出現了神奇的景象！

幽暗中，每朵百合的花蕊中都升起幾粒小東西，它們像螢火蟲般一閃一閃，發出星星點點的藍綠光芒。隨着它

們的緩緩上升，一望無際的百合花田上籠罩了一層奇異的柔光。

晚風吹過，那光亮被吹散成輕薄、閃爍的淡藍「霧氣」，它們飛升着，隨風飄散。月亮尚未升起的黑暗夜空，瞬間被這些奇妙精靈照亮了。

小如意恍惚覺得自己是在仰望謎一樣的星空。不過沒過多久，那些藍綠色小亮點就消失在了遠方。

「很美吧？」小如意身後傳來老養蜂人的感慨，「那是紅百合的種子，它們會飛到遙遠的地方，然後在那裏生根發芽。每年這個季節的夜裏，它們都會釋放種子。等種子離開，花也就要謝了。」

「唉，這麼漂亮的花田，謝了好可惜。」小如意為美麗的紅百合感到惋惜。

「不用擔心，明年又會有新的百合開放。」老養蜂人充滿希望地說，「生命的輪回就是這樣。」

月亮終於漸漸升起，花田被銀色月光照亮。一個小黑影掠過低空，牠鳴叫幾聲，最終停在小如意肩頭。

「塞巴斯蒂安！」小如意激動地叫道，「一定是掌櫃讓你來叫我！他找到線索了！」

「掌櫃！」

因為過於心急，小如意忘了平時的禮儀，連門都沒敲就闖進了二樓房間。她喘着氣，滿眼期待地望着坐在桌旁的掌櫃。

她覺得掌櫃似乎有些疲憊。

「助理小姐，來聽聽這個。」說着，掌櫃把一顆蜜球放進了桌上的玻璃杯中。

一片嘈雜的聲響在屋裏散開。

「這邊！這邊！當心啊笨蛋！」

「隊長！空間還是不夠大！恐怕得把旁邊整面牆都砸了！」

「開什麼玩笑！明天皇帝要來視察！全砸了來得及補嗎？」

「皇帝不一定每個房間都看吧……」

「閉嘴！嗯⋯⋯這樣，把她捆緊點！對！使勁捆！」

「隊長，快勒出血了⋯⋯」

「沒事！再使點勁！對對對！就這樣⋯⋯你們看！這不就行了嘛！」

「嘿嘿！還是隊長聰明！」

「行了別拍馬屁了！趕緊把窗戶重新安上！還有那邊弄壞的牆，快補好！」

「好！我們馬上弄！」

接下來便是叮叮噹噹的幹活聲。

蜜球記錄的聲音一會兒便結束了，小如意聽得莫名其妙：「掌櫃？這是什麼啊？好像是裝修工人在施工？不過又好像是壞人在綁架什麼人？」

掌櫃看了她一眼：「你有沒有從中聽到奇怪的聲響？」

「奇怪的聲響⋯⋯」

小如意仔細回憶了一番，在那些人的對話中，似乎夾雜着模糊不清的「嗚嗚」和「呼呼」聲，不過當時她並沒

有在意，還以為是風聲。

　　小如意把自己的想法說出來，掌櫃微微點頭：「你能注意到，很不錯。但那不是風聲，而是我們要找的重要線索。」

　　「什麼？！」小如意瞪大眼睛，「您說的重要線索難道是⋯⋯」

　　「沒錯，那是皇后的聲音。」掌櫃神情嚴峻，「確切地說，是她失蹤之後的聲音。」

　　小如意瞪圓了眼睛：「不會吧掌櫃！那聲音粗粗的，和皇后之前朗誦詩歌時的嗓音完全不同啊！」

　　掌櫃把蜜球從水杯中拿出來，他望着小如意的眼神中似乎閃過一絲狡黠。

　　「助理小姐，這不怪你。畢竟靈長類動物的聽力也就只能到這種程度了。」

　　呃⋯⋯掌櫃您這是在報復員工嗎⋯⋯

　　小如意撇撇嘴，心裏暗想，沒準兒自己剛才在花田邊的自言自語，已經被聽力超級靈敏的掌櫃聽到了。

當時她說了什麼來着？好像說「掌櫃這種犬科動物」什麼的⋯⋯

掌櫃堅信他從那顆蜜球中聽到了皇后失蹤後的聲音，而老養蜂人告訴他們，那顆蜜球是半年前才採集到的。也就是說，皇后在半年前曾在某處出現過。現在，他們只要跟隨蜜蜂重新回到當時的聲音採集地，或許就能找到更多線索，甚至，直接找到皇后本人！

老養蜂人讓蜜蜂重返聲音採集地，而塞巴斯蒂安則緊跟在蜜蜂後面，負責記住路線，回來後向掌櫃稟告。這樣，掌櫃和小如意就能利用鏡子間的「月光走廊」儘快趕到目的地了。

小如意本以為塞巴斯蒂安最早也要第二天才能回來，可沒想到幾個小時後，這隻烏鴉就飛回了老養蜂人的小木屋——看來目的地並不太遠！

這晚月光清朗，掌櫃當即向老養蜂人借了面鏡子，然後利用塞巴斯蒂安帶回的路線信息，調整出「月光走廊」

的走向。

告別了老養蜂人，掌櫃和小如意踏進「月光走廊」，向着目的地進發了。

凌晨時分，他們接近了終點。

「怎麼會是這裏？」半空中，小如意向走廊終點望去。雖是夜晚，她仍能看清目的地的輪廓——皎潔的月光將那片白色建築物照得發亮。

「古裏古怪藝術館」！

「月光走廊」徑直穿透了藝術館的高大圍牆，穿透了兩座展館，最終結束在一座超大展館外的鏡面噴泉池中。

幸好池子裏沒水……

小如意在走出「月光走廊」時，心裏暗自慶幸。對掌櫃來説，弄濕他的高檔定製皮鞋和西褲簡直能要了他的命……

「就是這裏。」掌櫃整理了下筆挺的西服，站在這座規模龐大的獨立展館前，「館裏大概沒有能夠反射月光的

鏡面，所以塞巴斯蒂安只能把終點安排在距其最近的這個噴泉池裏。」

跟在掌櫃身後，小如意快步向展館大門走去。她看了一眼刻着館名的牌子——「巨大的藝術」。

「巨大的藝術」？會是什麼東西……

小如意既好奇又忐忑，她做了個深呼吸，跟隨掌櫃走進了展館。

很快，小如意明白了為何這裏叫作「巨大的藝術」，也明白了為何這座獨立展館比其他展館都要高大——因為這裏的展品都像從巨人國運來的！

大廳正中擺放了一把足有兩層樓高的大椅子，借着從高大落地窗照進來的明亮月光，小如意看到無論是椅背還是扶手，都雕刻着複雜花紋，令她不由得暗自讚歎這椅子做工之精美。

大廳右側牆壁上掛着兩排勺子，每隻勺子都有房門那麼高，而且手柄處的造型和花紋各不相同；左側牆壁上則

143

掛着兩排叉子，看樣子，它們和對面的勺子是一套的。

　　這地方可真有趣！感覺自己變成小矮人了呢！

　　小如意興致勃勃地左顧右盼，直到掌櫃叫她，她的目光才戀戀不捨地從一個巨大玻璃鹽罐上收回來。那鹽罐上有一個天使浮雕，非常可愛。

　　「助理小姐，要我提醒你你不是參觀者嗎？」掌櫃的聲音略帶責備，「這裏有展館平面圖，我們要去這個地方調查一下。」

　　小如意走過去一看，只見掌櫃指的位置是展館最後面的一個大廳。圖上還標注着小字──「巨大的人」。

　　「『巨大的人』？那不就是巨人嗎？」小如意問道，「掌櫃，難道他們真弄了個巨人在這裏？不會吧……」

　　「去看看就知道了。」掌櫃已經向展館深處走去。

　　這座「巨大的藝術」展館真的非常大，此時雖然展館頂燈沒開，但每隔不遠，牆壁上都會有盞壁燈亮着。

　　小如意跟隨掌櫃走了許久，一路上倒也並不無聊。

各處展示的藝術品都令人大開眼界——兩張牀那麼大的手套、鏡片比浴缸還大的眼鏡、足以塞十個小如意進去的戒指……

終於，「巨大的人」展廳大門出現在眼前。掌櫃抬頭看看兩扇高大的木門，用力把它們推開。

展廳裏沒有燈光，外面的壁燈無法照亮房間深處，所以小如意的眼睛適應了好一會兒才漸漸看見東西。

在距離門口不遠的地方，她首先看到一個巨型圓柱體，它就像橫放在地上的「柱子」。在「柱子」後面，還有另一根「柱子」，只不過它是呈45度角傾斜的。

「掌櫃……」見到如此怪異的展品，小如意不由得壓低了聲音，往掌櫃身旁湊了湊，「這是什麼東……」

話沒說完，小如意便因過度驚訝而哽住了，因為她看到一根「柱子」居然穿着鞋！

「掌、掌櫃！鞋！」小如意驚慌失措地拽緊了掌櫃的衣袖。這裏居然真有巨人！因為害怕，她忘了掌櫃的叮囑——任何情況下都不可以扯皺他的西服……

其實掌櫃早就注意到了，畢竟他的夜視能力比小如意強太多。那「柱子」的確穿着鞋，而且，是一隻高跟鞋。

「助理小姐，有兩件事我想告訴你——第一，鬆開我的衣袖；第二，如果你打算轉過頭來看看右邊的情景，請保持冷靜，不要驚慌尖叫。」

小如意這才意識到自己的失態，她難為情地鬆開手，膽戰心驚地朝右望去。

一時間，她沒看懂眼前的物體究竟是什麼——每樣東西都很熟悉，但又那麼與眾不同，很詭異⋯⋯

當眼睛和心理勉強適應了眼前的狀況後，小如意終於找到了答案。

「天哪！是個人！」

整個展廳裏只有一件展品，一位女巨人！

這位身穿暗紅連衣裙的女巨人坐在地板上，她很胖，衣裙緊緊箍着皮肉。她一腿伸直，一腿蜷起，雙臂抱着那一條蜷起的腿，頭就靠在膝蓋上。即便是這樣的姿勢，她

的後腰和頭頂仍緊貼着牆壁與天花板。

突然出現在眼前的女巨人令小如意目瞪口呆，過了好久，寂靜房間裏才傳來小如意顫抖的聲音：「掌櫃？這⋯⋯是個雕塑？」

掌櫃走近女巨人的小腿，伸手觸摸：「皮膚有彈性，溫熱，而且我聽得到她的心跳和呼吸。助理小姐，她是活着的。」

活生生的女巨人⋯⋯

小如意咽了口唾沫，努力讓自己接受這個事實。隨即，她戰戰兢兢地跟隨掌櫃向大廳深處走去。

借着窗外的月光，小如意捕捉到了更多信息。

肥胖的面孔，臉頰上的肉將五官局促地揉擠在一起；眼睛幾乎被擠成一條縫，根本看不出她是否睜着眼；深紅色長髮蓬亂而乾枯地散落在她胸前⋯⋯

等等？紅色長髮⋯⋯

小如意心中一緊，一個奇異的念頭流星般劃過腦海，但她根本無法接受。

怎麼可能？不可能啊！

當她扭頭向掌櫃望去時，發現掌櫃眼中湧動着異樣的光彩。

「我們可以去觀見皇帝陛下了。」掌櫃一字一句地說，「他委託給我們的任務，我們已經完成了。」

蝴蝶寶石

皇帝的會客廳。

小如意站在巨大的玻璃窗前，俯瞰蝴蝶帝國高低錯落的大廈。

從「古裏古怪藝術館」回來後的這一個月，她和掌櫃一直住在宮殿裏。今天，皇帝陛下說有很重要的事要告訴他們，讓他們在會客廳等待。

此時此刻，回想之前的種種經歷，小如意的心情複雜極了。

那女巨人果然就是皇帝失蹤多年的妻子，這一點，皇帝本人已經確認過了。看來他真的很愛她，即使她已經變得面目全非，他也認得出她。

　　至於皇后為何會從一個美人變成可怕的巨人，皇帝承認那是他的錯。

　　原來當皇帝還是生物學家時，他一直給妻子服用自己研製的藥物，希望能徹底治癒妻子的「忘臉症」。然而藥吃了不少，妻子的病卻總是沒有好轉的跡象。

　　當時，生物學家以為那些藥全都是失敗品，現在他才知道，它們是有效的，只不過藥效大大延遲了——在妻子失蹤期間，她以前吃下的藥開始發揮作用，它們的確在喚醒她失去的記憶，然而那些記憶卻沒有在她的大腦中重現，而是陰差陽錯地重現在了她的身體裏！

　　數不清的記憶片段大量擁塞在她體內，於是，她從一個正常人「發酵」成了巨人，變得面目全非，甚至連頭髮顏色都發生了變異。最後，她被當成展品，送到了「古裏古怪藝術館」。

由於她的身形實在太過巨大，當年展館的工人們不得不拆掉窗戶，破壞周圍牆壁，甚至將她緊緊綁起，才勉強將她塞進展廳。掌櫃從蜜球裏聽到的「呼呼」和「嗚嗚」聲，正是當時她因為疼痛而發出的聲音——由於聲帶變形，她早已不能說話。

　　當年的皇帝曾到藝術館視察，那是他和失蹤的妻子最接近的一次。可惜他並未參觀每一個展館，兩人最終還是錯過了。如果當時皇帝能走進「巨大的人」展廳，他一定能認出自己心愛的妻子……

　　不過值得安慰的是，皇帝最新研製的藥物很有效，皇后服用後很快便恢復了曾經的身體狀態。等皇后記憶恢復，能夠開口講話，她就可以把「凝固陽光」的實驗數據背誦出來。到時，皇帝便能完成那項被迫中斷的研究，開發出全新的固態陽光能源，並按照約定解放所有蝴蝶。

　　一想到蝴蝶們很快就能自由，小如意的嘴角不由得露出一絲笑意。

　　「助理小姐，什麼事讓你這麼開心？」

聽到掌櫃的聲音，小如意回過神來，發現掌櫃正坐在旁邊的沙發上望着她。

「掌櫃，這次任務總算完成了，真不容易啊。」

小如意長舒一口氣，笑嘻嘻地問道：「掌櫃，回去以後您要不要請員工吃頓大餐啊？」

「客戶的委託專案有兩個，一是調查鑰匙的來歷，那個我們已經調查清楚；二是幫助他完成父親的遺願——解救安娜……」說着，掌櫃望向窗外，「只要蝴蝶安娜還沒有恢復自由，我們的任務就不算完成。」

「可是掌櫃，那不是早晚的事情嘛。皇帝陛下已經答應我們了，只要新能源一投入使用，他就馬上解放所有蝴蝶。到時候，安娜和牠的伙伴們就自由了！」

「希望如此。」掌櫃淡淡回應道。

這時，會客廳的門開了，皇帝穿着做實驗的白大褂急匆匆走了進來。

不等兩位客人施禮，皇帝已經自顧自地說了起來：「兩個消息——好消息是，固態陽光能源已經研發完成，

馬上就能投入使用。按照約定，我將很快解放所有蝴蝶。」

「哇！太棒了！」小如意忍不住拍手讚歎。然而她很快發現，皇帝臉上的表情有些古怪。

皇帝咳嗽兩聲，清清嗓子，接下來的話對他來說彷彿十分難以出口：「第二個消息是——雖然我可以解放蝴蝶，但牠們已經無法再作為生物繼續生存下去了。」

「什麼？」小如意的笑容僵在臉上，她有一種不祥的預感，「陛下，您這是什麼意思？」

一臉憔悴的皇帝不無遺憾地解釋起來：「這些巨型蝴蝶已經超負荷工作了太長時間，牠們的身體發生了某種變化——為了能夠應對超強度的日夜勞作，牠們自動發生了機械化演變。現在牠們已經不是完全意義上的生物了，準確地說，如今牠們都是半機械化的物體，再也無法回到最初的生物狀態。」

「也就是說，牠們永遠沒法像普通蝴蝶那樣生活了？」掌櫃冷冷地問道。

「是的，沒可能了。」皇帝歎了口氣，「蝴蝶們已經半機械化，一旦停止工作，牠們就會像報廢的機器，等待牠們的只有鏽爛……沒想到，我當年引以為豪的發明竟會是這樣的結局……」

望着自責的皇帝，小如意一句話也說不出來……難道蝴蝶們只能接受這樣殘酷的命運安排？

「不過……」皇帝又開口了，他眼中閃爍着一絲希望之光，「我有個構想，或許多少能彌補一些我的過錯。」

「真的？什麼構想？」小如意迫不及待地追問。

「我有項技術，能將機械化物體轉化為數字化符號。利用這個技術，我可以在電腦中為蝴蝶們模擬出一個自由生存的空間，然後將這些半機械化的蝴蝶全部轉化為數字符號，存入電腦中的虛擬世界——至少牠們可以在虛擬世界裏快樂地生活。」

在冷冰冰、沒有生命氣息的電腦裏，天空中是燦爛但沒有溫度的陽光，草地上是嬌豔卻沒有芳香的花朵，曾經飽受苦難的蝴蝶們飛舞其間……這一幕看似溫情，卻隱藏

着無奈的淒涼。然而，除此之外，已別無他法。

「好吧⋯⋯只希望⋯⋯牠們還有感受快樂的能力。」掌櫃望向窗外飛翔着的「蝴蝶巴士」，自言自語道。

茂密寂靜的森林，廣袤無垠的草原，蜿蜒流淌的河流⋯⋯無數蝴蝶將在那個只屬於牠們的自由世界裏翩翩起舞──那是只存在於電腦中的世界。

回到記憶古董店已經兩天了，小如意還是放心不下那些蝴蝶，可眼下她能做的，也只有默默祝福牠們了。

坐在一樓櫃台後，她一邊嚼着泡泡糖，一邊撫摸着塞巴斯蒂安的羽毛。

此刻在二樓書房，掌櫃正向客戶匯報此次調查的結果。他會把光彩城圖書館《魔幻詞典》的鑰匙還給客戶，並向他說明鑰匙的來歷；他也會講述蝴蝶安娜和蝴蝶帝國的故事，並把「那個東西」拿給客戶。

小如意回想着「那個東西」的美麗模樣。

一個精緻金屬匣裏，在黑天鵝絨布的襯托下，一隻藍

色「蝴蝶」靜靜俯臥着。

這是一枚凝結了世間最美麗的藍色的寶石，它的造型完全沒有人工雕琢的痕跡，渾然天成。

那時在蝴蝶帝國，當皇帝把所有蝴蝶都轉化為數字符號輸入電腦後，突然發現一根數據線的接口處流淌出藍色不明液體。那液體自行匯集成蝴蝶造型，然後迅速凝結成固體。

「你們是來救蝴蝶安娜的，我想，這大概就是安娜送給你們的禮物。」皇帝將這塊蝴蝶寶石送給掌櫃時，曾這樣說……

此時，午後的陽光透過玻璃窗照進記憶古董店的一樓客廳。

小如意靠在椅背上，像是自言自語，又像是在對塞巴斯蒂安說：「雖然我們沒能按照客戶的要求，解救蝴蝶安娜，但安娜留下的這枚禮物，應該也能讓客戶父親的在天之靈安息了吧……」

「塞巴斯蒂安，還有件事我有點在意……記得我們在

蝴蝶帝國拜訪的阿爾戈斯先生嗎？就是那個能看到人們未來模樣的畫家。他當時說什麼『我肯見你們……是因為你們兩人本身……很奇怪，也挺有趣』。塞巴斯蒂安，你說他會不會是看到了我和掌櫃未來的模樣？我們以後會變得很奇怪、很有趣嗎？當時真應該好好問問他……」

「對了！」正胡思亂想的小如意忽然想起一件事，她立刻坐起身，在電腦上搜索起來。

「任務完成了，掌櫃會請我吃頓大餐吧？塞巴斯蒂安，你說我們去哪兒好？新開的那家日本料理你覺得怎麼樣？我看看現在有沒有團購優惠……也不知道犬科動物愛不愛吃刺身……」

幾乎同一時刻，二樓書房裏，正向顧客解釋藍蝴蝶寶石來歷的掌櫃，頭頂那對銀白耳朵微微動了動。

名家推薦

作者用文字堆砌出一座神秘的金字塔，

裏面的風景奇幻瑰麗，詭譎變化，機關處處。

隱藏着什麼？

會發生什麼？

你永遠不知道。

只知道，似乎一步步踩入作者所設的陷阱。

不過，我甘願深陷危險，

為了窺探金字塔裏頭，作者精心設計的最終謎題。

這個作品，我喜歡。

——林文寶（兒童文學教授、著名兒童閱讀推廣人）

幻想並不難，難的是找到「現實」與「幻想」之間的那條
通道。如果找到了，那麼恭喜你，你就可以在遠古與未來、記
憶和夢想、冒險及成長之間自由穿梭。《記憶古董店》就是那
條神秘通道的入口，歡迎你，勇敢地走進去！

——蕭袤（著名兒童文學作家）

這是一部詩性的童話，作者用詩意但又具象的語言和想像，探尋隱藏在記憶深處的人性與愛，而層層推進的邏輯推理，又讓故事波雲詭譎、引人入勝。它承繼了唯美型童話的傳統，又包含現代工業文化的元素，如田園牧歌，又似咖啡館小坐，值得一讀！

——楊鵬（中國首位迪士尼簽約作家、著名兒童文學作家）

《記憶古董店》的故事緊湊好看，想像奇特，猶如書中的「月光走廊」，語言優美且富有動態感，是一套極具暢銷潛力的書。

——蕭萍（兒童文學作家、上海師範大學教授）